怪談一里塚

黒木あるじ／監修

竹書房
怪談
文庫

前口上　怪談は冥土の旅の一里塚

黒木あるじ

一里塚とは読んで字のごとく、一里（およそ三・九キロ）ごとに建てられた塚を指す。江戸時代に徳川家康の命で主要街道に設置したとされ、旅人や駕籠かきが距離をはかる目安として重宝がられた。また一里塚には大樹が植えられているのが常で、緊急時の休憩所に木陰が利用される場合も多かったのだという。そのような経緯から、現在は「目標に到達するための通過点」なる意味で、慣用句として用いられている――。

などといった能書きはこのあたりにして、そろそろ本題へ入るとしよう。

本書は怪談マンスリーコンテストの特別企画として昨年11月から12月にかけて行われた「新時代怪談作家発掘プロジェクト」の入賞作品ならびに優秀作、およそ百話と、怪談マンスリーコンテスト各月の最恐賞作品を集めた一冊となる。執筆者はいずれも怪談書きのプロとして歩みはじめた、要は一里塚に辿りつかんとしている俊英ばかりなのだ。

しかし、「どうせ新人だろ」と舐めてかかるのは早計だ。

なにせ各人が血眼になり、足を棒にしながら聞き集めた怪異譚なのである。一筆入魂、読者を戦慄たらしめんとの覚悟をこめて綴った作品なのである。

そう――つまりこの本は、読者のあなたが新たな怪談の道へと足を踏み入れるための、すこしばかり不穏な道標でもあるのだ。読み手にとっての怪しき一里塚なのだ。

ぜひとも本作を契機に、お気に入りの書き手や珠玉の一作を見つけていただきたい。

唯一の懸念は、これほど多くの念が籠った怪談を一冊にまとめて、はたして平穏無事で済むのだろうかという点だ。そういえば、一里塚が隆盛をきわめた江戸時代は旅の途上で客死する者が絶えなかったとも聞く。

今回の昏い旅路は、誰も命を落とさずに済むだろうか――。

さて、旅の支度は整った。そろそろ歩きだすとしよう。

道中、どうかご無事で。

新時代怪談作家発掘プロジェクト

怪談マンスリーコンテスト

※本書は体験者および関係者に実際に取材した内容をもとに書き綴られた怪談集です。体験者の記憶と主観のもとに再現されたものであり、掲載するすべてを事実と認定するものではございません。あらかじめご了承ください。

※本書に登場する人物名は、様々な事情を考慮してすべて仮名にしてあります。また、作中に登場する体験者の記憶と体験当時の世相を鑑み、極力当時の様相を再現するよう心がけています。今日の見地においては若干耳慣れない言葉・表記が記載される場合がございますが、これらは差別・侮蔑を助長する意図に基づくものではございません。

新時代怪談作家発掘プロジェクト

2024年11月、竹書房怪談文庫のサイト上にて、
新時代怪談作家発掘プロジェクトがおこなわれた。
多種多様な作品が犇めき合い、
数多の書き手が激戦を繰り広げた結果、
最恐賞および優秀作は2024年12月10日、
怪談サロン竹Vol.1にて黒木あるじ氏によって発表された。

当初は中間発表以上の作品の収録をうたっていたが、
選にもれても可能性を感じる作品も多かった。
この機会にそれらも引き上げ、収録をしようということになった。

最恐賞

姉の事

沫

最近ちょっと体調が悪いんだと告げると、姉は一緒にお祓いに行こうと言う。由希子さんは姉と二人で一緒に菩提寺へと出向き、一通りのお祓いを済ます。終わった後、「大事な人なのは分かるが、忘れてあげなさい」と住職さん。いつの間にか姉の姿は消えていた。

◆短いなかにも鋭い斬れ味、無駄なセンテンスをいっさい省いた潔さに痺れました。実は冒頭で語られる体調不良も、亡き姉の仕業かもしれない——そんな想像を読者に抱かせる構成が、哀しみと恐ろしさを引き立てています。お見事。

優秀作

トランクの街

骸鳥賊

小学六年の、十月の水曜日だったという。

蛯名さんの家の近所に、小さな空き地があった。

塾帰りにその前を通りかかると、古びたトランクケースがぽつん、と置かれていた。不法投棄だろうか、傷んではいるが、革張りの一目で高級品と分かる代物だ。

蛯名さんは惹かれた。中に何か、良い物が入ってるかも。そう思ってトランクに近寄り、手をかけた。鍵はかかっていない。

トランクを開けて驚いた。

中には小さな街が広がっていた。

何百分の一かの、精巧な町並みの模型。豆球が仕込んであるのか、家々の窓には灯りまで見える。印象的ないくつかの建物の外観から、蛯名さんの住む市のある一角を再現したものと分かった。

すごい……感嘆していた蛯名さんは、ふとキナ臭さを感じた。見ると模型の中の一軒、白いビルから細い黒煙が立っている。

中で電気系統がショートしたのか。驚いてトランクを閉めた。空気を遮断すれば火が消えると思ったのだ。おそるおそる再び開けてみると……模型の街は消え失せていて、中は空っぽだった。

その二日後、蛯名さんは市内の病院で火災が発生し死者が出たというニュースを見た。テレビに映った現場の外観は、あの煙が出ていた模型と瓜二つだった。

◆幻想的でありつつ恐ろしさも充分にそなえた秀作ですね。トランクの中に広がっていた光景の美しさにも惹かれますが、そこに至るまでの言葉運びも見逃せません。怪談は、怪異に至るまでの過程こそが怖いのだ——改めてそんな思いを抱きました。

優秀作

土俵

藤野夏楓

四歳のコウイチくんは、とんとん相撲にハマっている。

ティッシュの空き箱や丸いお菓子の缶を土俵に見立て、マスキングテープで仕切線を描く。クレヨンやマジックで大好きな戦隊ヒーローを画用紙に描いたらハサミで切り取り、紙コップや乳酸菌飲料の容器に貼り付ける。

対戦相手は大抵、敵キャラの悪の組織の幹部や怪人などなのだが、たまに真っ赤な目玉から髪の毛が生えた四足歩行のキャラを描き「ノリくん」と呼ぶのだという。

それは何のキャラなのと聞くと、家の前にある踏み切りの向こう側からずっとママのことを見ているのだという。

「だから絶対に線路に立っちゃだめだよ」

もう、既に家は土俵の中なのだという。

◆モチーフのユニークさと相反する不気味な物語。ラストの一文に書き手としての企みが垣間見え、思わずニヤリとほくそ笑んでしまいました。なにも起きていないのに、怖い——ある意味、怪談の理想的な姿かもしれません。

優秀作

遺品

司翠々稟

税理士法人に勤めている相続担当の方から聞いたお話。

資産家一族の四十代女性Mさんは、叔父の遺品を受け取ることになった。面識が無かったのでほとんどは業者に処分してもらったが、一部は法的にできないとのこと。渋々持ち帰ったが、気味が悪いのでビニール袋を何重にもして物置に入れておいた。

うたた寝をしてると息子の悲鳴で飛び起きた。駆けつけると息子は戸の開いた物置の前で腰を抜かしている。「ボールを取ろうとしたら、中に泥だらけのおじさんが蹲《うずくま》ってた！」と震えている。落ち着かせながら、中にある袋を見られないように物置の戸をそっと閉めた。袋の中身は、畳の下に隠されていた、孤独死した叔父の体液を吸った札束だった。

「身体がどろどろになってもお金を離したくなくてしがみついていたんでしょうかね」と高そうなカップで紅茶を淹れながら、Mさんはにこやかに話してくれたそうだ。

◆恐怖の正体が明かされた瞬間の衝撃は、投稿作中でもピカイチだと思います。情景がありありと浮かぶ粘着質な描写に感嘆しきり。ほんのすこし文章に手を入れて緩急をつければ、恐怖の底が一段あがるように感じました。

準優秀作

男の写真

碧絃

桜さんが携帯電話で、ネットニュースを読んでいた時のこと。

突然、男性の写真が表示されて目が合った。黒っぽいスーツを着た四十代くらいの男性だ。頬はげっそりとこけて、疲れ切ったような顔をしている。

夜中なので怖くなり、急いでそのページを閉じた。

次はスイーツの記事を開く。するとまた記事ではなく、先ほどの男性が表示された。

「いやっ！」

震える手でアプリを閉じても、画面にはなぜか男性が表示されている。電源を落とそうとしたが、どこを押しても携帯電話が反応してくれない。

恐怖に耐えきれなくなった桜さんは、携帯電話を壁に向かって投げた。

桜さんは、不気味な写真が何度も表示されることが怖かったのではないのだという。

「あの男の人……。電車を待っている時に、いつも反対側のホームから私を見ている人なんだよね……」

◆都市伝説的なニュアンスを有しつつ、それに留まらない不穏さがありますね。映像化できそうなオリジナリティーを有しているあたりも将来性を感じさせます。ぜひ短編にもトライしてほしいと切望してしまいました。

夏に遺る

藤野夏楓

父親の転勤で、韓国に住んでいた時の話だ。

小学五年生の夏、隣のマンションで若い女性のバラバラ死体が見つかった。私は、たまたま公園に遊びに行く途中で、人だかりに好奇心をくすぐられ、屈んで見てしまった。無数の人々の膝の隙間から、地面にべったりと張りついた黒髪の女性の顔らしきものがこちらを見ている。見てはいけない、私は咄嗟に目を逸らした。

翌日、母親からバラバラ死体はマンションの四方八方に散らばっていたこと、おそらくバラバラにされた後に投げ捨てられたのではないかということ、それから……首がまだ見つかっていないことを聞かされた。

一九九〇年前後のことである。興味本位で人の死を覗いてしまった罪悪感だけが夏の喧騒と共に残った。

◆海外が舞台で、おまけに年代も明瞭。とことんまで実話性を強調した怪作でありながら、ラストを叙情的な一文で終えるところに作家性が窺える、個人的にも好きな作品です。

予告

猫又十夜

週の半ば。

ずっしりと疲れた体を引きずって、駅の長い長いエスカレーターに辿りつく。

半分まで上っていた時、下りてくる親子とすれ違う。

幼稚園児くらいの男の子が母親に抱かれながらしきりに天井を指差して「おばけ、いるね」と話しかけていた。

母親は何も答えない。

「おばけ、いるねぇ」「おばけ」「おばけいるねぇ」

段々と遠ざかる子供の声と入れ替わりでスマホが震えた。

東北本線は今日も人身事故で遅延しているらしい。

泣き女

でんこうさん

当時小学生だった大城さんが住んでいた団地には、泣き女と呼ばれる老婆が住んでいた。泣き女というあだ名は、女に目の前で泣き叫ばれたという団地に住む中学生がつけたものであった。

団地内では時々、泣き女の叫び声が響き渡る事があった。

大城さんも何度か泣き女に遭遇した事はあったが、泣き叫ばれた事は一度も無かった。

親からは泣き女に近づいてはいけないと言われていたので、泣き女に挨拶すらした事は無かった。


友達と虫取りをして遊んだ日の事だった。

団地からかなり離れた山中に虫がよく採れる小さな古い祠が目印の場所があり、大城さんのお気に入りの場所だった。

遠いだけあって団地に着いた時は、陽が落ちて暗くなりかけていた。

急いで帰ろうと住んでいる棟の前に行くと、階段に誰か座っていた。

泣き女だった。

黙って横を通り過ぎると、

「ヒイィーヒイィー」

と金切り声が聞こえた。

振り向くと泣き女が大城さんを指差し大声で泣き叫んでいた。

突然の出来事に驚いて、急いで階段を駆け上がった。

「多分泣き女は所謂《いわゆる》見える人なんだと思いますよ、その証拠にその夜怖い体験をしたんですから」

と言って話を終えた大城さんから、次回会う時はその夜起こった話を聞く予定だ。

中身

田沼白雪

同僚の男性、武史さんには長年付き合っている彼女がいた。

そんな武史さんは、ある日、不眠症になってしまった。

心配した彼女は、武史さんにアイマスクや低反発枕などをプレゼントしたという。

すると、武史さんの不眠症は日に日に改善していった。

しかし、何故か仕事に全く身が入らなくなっていってしまったのだ。

遂には仕事を辞め、彼女と結婚し、専業主夫になった武史さん。

彼はある日、不眠症で悩んでいた同僚に自分のアイマスクや枕を貸し出した。

その同僚の男性は、震えながらこう話してくれた。

「借りた物を使う様になってから、何故か武史さんの彼女の夢ばかり見るんだよ」と。

「だから、気になってアイマスクと枕を開けてみたら……これ……」

そう言って、彼が見せてくれたのは、大量の髪や爪がぎっしり詰められた枕の写真だった。

一方、アイマスクには——何か赤黒いインクの様なもので、びっしりと「結婚して」と書かれた紙が混入していた。

同僚の男性は、その紙を見つめたまま、こう呟いた。

「これ、きっと血で書かれてるんじゃないかな」

そのアイマスクや枕を使用しなくなってからは、同僚は、もう武史さんの彼女の夢は見なくなったらしい。

無関係ではない

千稀

冷たい冬の夜。

近所で火災があり、Tさんはアパートのベランダから燃えさかる炎をぼーっと眺めていた。

「煙がね、凄くて。焚火みたいなにおいがバーッと辺り一帯に広まっていました」

燃えていたのは古い一軒家であった。駆けつけた消防隊員により、被害が広がることなく無事消火されたのだという。

翌朝、出勤のために焼け落ちた家の前を通りかかる。家のあった場所には黒く炭のようになった数本の柱だけが侘《わび》しそうに残っていた。
火災の恐ろしさを実感しながら通り過ぎようとしたとき、家の方から声が聞こえた。

——あぁ、あの人だ。だんをとっていたのかねぇ。ひきょうだねぇ、いやらしいねぇ、ゆるせないねぇ。

「驚いて声の方を見ても、当然ですが誰もいないんです。でも自分が何か嫌な意思を向けられているって感じること、あるじゃないですか。悪口を言われているときの視線とか、不快を向けられる目線だとか。それをね、その家から痛いほどに感じまして」
以来、火事や事故現場に遭遇しても、できるだけ関わらないようにしているとのことだ。

◆焼失した家屋の近くで聞こえた聲——その中身の不気味さたるや、本書においての白眉と云えるでしょう。家が燃えた原因、Tさんがその聲を聞いてしまった理由。解決しない謎に身が震えるのは、私だけでしょうか。

僧の列

高崎十八番

私は遺品整理士として働いているのだが、今から二年ほど前に、妙な体験をしました。朝六時に現場入りをし、一人で作業を行っていると、何処からか、ゴォーンと鐘の音が聞こえてきたのです。その鐘の音は、何度も鳴り続け、止む気配がない。私は鐘の音が気になり、家中を見回ることにしました。すると、寝室と庭を挟んだ縁側に、七名の僧侶が、お経を唱えながら列をなして歩いていたのです。その光景を目の辺りにした私は、訝しがって目を指で擦りました。しかし、次に目を開けた瞬間――。

僧侶たちは、一瞬で姿を消していたのです。

その後。現場の裏には、竹藪に隠れたお寺と霊園があることが分かりました。その寺の住職に、七人の僧侶の話をしたところ「その家の敷地内には、霊道が通ってるからね」と教えてくれたのです。が、件の話を詳しく取材したく、その住職の元に後日向かった際、竹藪の中には、廃墟となったお寺があったのです。そこで私は、近隣住民に住職の居所を聞き込みすることにしました。しかし「竹藪の中の寺？　そんなの二十年も前にとっくに潰れとるよ。住職が亡くなってしもうて」と、住民は私を怪しみながらも、口を揃えて語ったのです。

寄り道

鬼志 仁

K子さんにはN君という小学三年生の息子がいる。

最近、N君の帰りが遅くなることが続いたという。

「息子に尋ねても、寄り道せずに帰っていると言い張るし。それで位置情報アプリの移動履歴を見てみたんです」

N君はいつもの帰り道から大きく逸れて、とある場所に行き、十分ほど留まると、家を目指して帰っているのが分かったという。

「そこを訪ねてみると、古びた木造二階建ての一軒家があって、荒れ果てた庭には、スチール製の物置が二台置いてありました。物置だけが新しくて違和感がありました」

その場所でK子さんはN君の友達のお母さんに会った。彼女も息子が寄り道をするのでアプリの移動履歴を調べてここに来たと言う。

「私たちは、翌日からは息子たちを学校まで迎えに行くようにしたんです」

数日が経ち、K子さんは奇妙なことに気づいた。学校から家までは徒歩で十分くらいなのが、三十分くらいかかっているのだ。

「アプリで移動履歴を見たら、あの一軒家に寄っているんですよ。でもその記憶が全くないんです」

K子さんが再びあの家を訪ねてみると、一回り大きなスチール製の物置が二台増えていたという。

K子さんは引っ越しを考えているらしい。

◆家屋が怪の棲家になる話はよく聞きますが、物置とは盲点でした。考えてみれば古《いにしえ》の土蔵にも怪しきモノが出るのですから、なんら不思議はありません。ともあれ、その土地からは一刻も早く越したほうが良さそうです。

そこにいた

カンキリ

ある日、友人が、車で走っていた時。

自宅近くの家の屋根に妙な物が見えた。

何だろう？　と思ったが、車の運転中だったので確認はしなかった。
二、三日して、その家に葬式の花輪が出ていた。
その後、二度ほど近辺の屋根に同じ影をみた。

そしてやはり、その影を見た家は数日後に葬式の花輪が飾られていた。

あの奇妙なものは何だろう？

それが屋根の上に見えてから葬式があると言うことは、誰かがその家で亡くなった日に、『それ』が屋根に見えるとも考えられた。

今度見つけた時はよく見てやろうと決めた。


そんなある日。

屋根の上に『それ』を見つけた。

よく見える場所まで家に近づく。

すると。
そこにあったのは、お地蔵様だった。
お地蔵様が屋根の上に乗っかって、空の方を見ている。
なんで、お地蔵様を屋根に乗せているのか？
それに、どうやって斜めになった屋根にお地蔵様を固定しているのだろう？
そんな事を考えながら、お地蔵様をよく見ていると変な事に気づいた。
パッと見普通のお地蔵様なのだが――。
そのお地蔵様の顔が髑髏なのだ、顔だけが髑髏の石の地蔵だった。
友人は急に怖くなって、急いで家に逃げ帰ったのだそうです。

十物語

沫

本間さんは学生時代、とある無人の仏堂にて行なわれる百物語ならぬ十物語の会に参加した事があった。

その十物語とは、百物語と同じ様、参加者ひとりずつが怪談を語るという部分までが同じで、違う点はくじ引きで語る順番を決める事。そして語った人は順次そのお堂から出て行くという事。

つまり最終の番を引いた人は、そのお堂で一人きり、怪談を語るという羽目になるのだ。

そして運悪く、本間さんは最終の十番目を引き当ててしまった。

さてその晩、語り終えた人は安堵した顔で引き上げていく。そして参加者は三人になり、二人になり、そしてとうとう本間さん一人だけとなった。

一人になった途端、強烈な畏怖が襲いかかって来る。本間さんは律儀にも端折る事なく怪談を終え、お堂の外で待っていてくれるメンバー達と合流するつもりだった。

——が、いない。真っ暗な闇の中、仏堂の周辺には誰の姿も無かったのだ。

「ふざけんなよ！」

大声で叫び、夜の闇の中を走った。

結局家に着くまで参加者の誰とも逢う事は無かった。

後日、その時に参加者達に逢うなり苦言を並べたが、メンバー達いわく、ちゃんと本間さんの出て来るのを待って一緒に帰ったと言うのである。

◆アイデアの勝利ともいうべき傑作ですね。機会があれば「十物語」、ぜひ敢行してみたいと思ってしまうではないですか。ラストの一文が投げっぱなしと見せて考え抜かれているあたりも、ニヤリとほくそ笑んでしまいました。

床下から出たモノ

田沼白雪

私の家の近所には、数年前から解体工事中のままの家がある。家の左側半分には窓や壁がまだ残り、右半分は完全に取り壊されて瓦礫と化した、とても異様な雰囲気の家だ。

数日前、数人の子供達がそこに入り込み、宝探しをし始めた。というのも、居抜きの状態で解体工事が行われていたため、たくさんの家具が、まだそこに残っていたのだ。

「俺、鍋見つけた！」

口々に明るくそう声を上げながら、解体されかかった家で宝探しを続ける子供達。

（あんな足元の危ない場所で……。事故にでもあったらどうするのだろう）

私は、注意しようと子供達に近づいた。

と、目の前にいた子供が、不意に大きな声をあげる。

「あ！　ミーコ、見つけた！」

嬉しそうにそう叫びながら床の方へ手を伸ばす子供。

と、彼の手が床から引き抜かれるや、その手に引っ張られる様に、床下からずるりと何かが姿を現した。

それは半ば腐敗した猫の遺体だった。

と、いつの間に私の後ろにいたのか、別の子供が大きな声をあげる。

「こっちにはヨウコちゃんがいるよ！　ヨウコちゃん、見つけた！」

その言葉の意味を理解した瞬間、私は走ってその場を逃げ出した。

あの廃墟は、今も解体途中のまま、存在している。

蝮蛇《ふくじゃ》

高崎十八番

　Y子さんが小学四年生の頃。同級生たちと一緒に、校庭でかくれんぼをしていたときのことである。兎小屋に隠れていたY子さんたちは、寝床用の藁の中に、蝮《まむし》の子供を見つけたという。蜷局《とぐろ》を巻いてY子さんたちを威嚇する蝮。すると、友人であるK子が、足の裏で蝮を踏み潰した。頭部を重点的に狙って、原型が分からなくなるほどに、グチャグチャに踏み潰す。そこに、奥から兎が駆け寄ってきた。鼻をヒクヒクとさせ、蝮の血を舌で舐めている。咄嗟にY子さんは、兎を抱き抱え、「そんな汚いの食べたら駄目だよ！」と叱ったそうだ。

　それ以降。K子の様子がおかしくなった。給食では、野菜には一切口をつけず、肉ばかりを食べる始末。夏が過ぎれば、持参した毛布で包まりながら授業を受け、校庭の空に飛ぶトンビを見れば酷く怯えていた。加えて、意志疎通が全くとれない状態であったそうだ。

　それから時は過ぎ、小学校を卒業する頃になると、K子は正気を取り戻すようになっていった。しかし、小学校四年生から六年生までの三年間の記憶が思い出せないままであるそうだ。初潮を迎えてからは、無数の蝮が体に纏わりついてくる夢を、頻繁に見るようになったともいう。

可愛い妹

碧紘

太一さんが中学三年生の頃。

「昨日一緒に学校の前を歩いていたのって、妹？」

同じクラスのユウタに声をかけられた。前日の夕方に、五歳の妹とコンビニへ行っていたので、その時に見られたのだろう。

「お前と妹って、全然似てないんだな」

たしかに、母が違うので似ていない。

「彼女が欲しいんだけど、出会いがないんだよな。妹を紹介してくれよ」

ユウタが肩を組んできた。しかし、妹はまだ五歳の幼稚園児だ。それなのに彼女候補として紹介しろというのだろうか。

「いいなぁ、可愛い妹が二人もいて。両手に花だったじゃないか。上の妹は俺たちと同じ制服を着ていたけど、一年生？」

周りにそんな人はいなかったはずだ。

空になった珈琲カップ

筆者

喫茶店にて読書をしていた時の事。

伊庭さんは小用に立ち、再び席へと戻ると、ウェイターさんから「お連れ様は先に出て行かれましたよ」と声を掛けられた。

見れば伊庭さんの座る席の向かい側に、空になった珈琲カップが一つ、置かれてあった。

伊庭さんは最初から一人きりであったのだが、何故かそのカップを見て、とても悲しい気持ちになったと言う。

ビデオ

キアヌ・リョージ

三十年ほど前、友人のAがビデオテープに録画していたお笑い番組を観ていた時だった。

突然、画面にノイズが走り、映像が乱れた。

テープが伸びたのかと思い、ビデオデッキの停止ボタンを押したが、画面にはタレントの顔が不自然に乱れた静止画が映っていた。

何度も停止ボタンや取り出しボタンを押したが、何の反応もなかった。

一分ほど経っただろうか、テレビのスピーカーから不快な音が流れてきたそうだ。

それは、まるでガラスを爪で引っ掻く様な甲高い音で、Aは思わず顔をしかめた。

すると、テレビ画面の映像が突然切り替わり、男女らしき人物が並んだ粒子の粗い白黒の画像と、黒くて小さな文字の羅列が浮かび上がってきたのだという。

どこかの雑誌のページを写したかの様な映像で、数秒ほどするとビデオデッキの電源は切れた。

Aに認識できたのは『夫婦殺害』『怨恨』という文字であった。

混線した映像が録画されていたのか、とAは思い、ビデオテープを巻き戻して再生したが、通常の録画された番組が映し出されるだけであったという。

優しい妻

碧絃

「亡くなった妻に謝りたい」

もう何日も寝ていないと言いながら、清原さんは泣き崩れた。清原さんは若い頃から何人もの女性と浮気を繰り返したが、妻は文句も言わずに清原さんを支え続けていたようだ。

「妻はいつも笑顔で優しくて、俺にベタ惚れだから、何をしても許されると思っていたんです。でも、そうじゃなかったみたいで……」

亡くなってからは毎夜、寝ている清原さんに馬乗りになり、鬼のような形相で首を絞めているのだという。

再会

高倉　樹

森さんは建設会社に勤めている。その現場で労災事故が起きた。被災者は亡くなった。しかも建てていたのは学校だ。

校舎より先に怪談が出来てしまった。

職人たちが皮肉っているのを、森さんはたびたび耳にした。森さんは現場監督だ。事故が起こらないように管理するのは森さんの仕事だった。なのに事故を防げなかった。原因は被災者の不注意だったとはいえ、森さんはやはり悩んだ。胃を壊して入院もした。

森さんがその「怪談」を耳にしたのは、校舎が完成した翌年だった。

——三階の窓から上をのぞくと、顔を赤く濡らした男と目があう。

別の現場で働き始めていた森さんは、人づてにその話を聞いた。まさか、と思ったという。事故があったことはニュースになったが、詳細は報道されなかったはずだ。

亡くなった塗装職人が三階の窓から落ちたこと。頭が割れたこと。特に、流れた血で額から顎まで真っ赤になっていたこと。

それは、事故当時駆けつけた森さんと数人の職人しか、知らないはずのことだった。

後日、森さんは花を持って事故現場を訪ねた。そうして、事故のあった窓の上に、赤い手形がついているのを見つけたという。

身を乗り出しても、届きそうにない高さだったそうだ。

◆三行目、「校舎より先に〜」の一文に、作者の腕前を確信しました。スタンダードな怪談も、文章によって怖さの底値が跳ねあがるという好例ではないでしょうか。

罰が当たった

田沼白雪

二十年程前、私が学習塾の講師をしていた時の話だ。

当時、私が勤めていた塾は長野県にあるホテルを丸ごと貸し切って夏期講習を行なっていた。

これは、そんな夏期講習での出来事だ。

夏期講習では、生徒の息抜きも兼ねて、昼間に一日一時間の自由行動の時間を設けていた。

そうして、自由行動も終わり、夜の授業が開始になった際、私達は中三男子生徒が一人帰って来ていないことに気がついたのだ。

慌てて探しに行った私達。

と、彼は、ホテルからはかなり離れた山の中で発見された。

直ぐに病院に運ばれた男子生徒。

病室で彼と面会した私達は、変わり果てた彼の姿にぎょっとした。

なんと、彼の顔の下半分が包帯でぐるぐる巻きになっていたのだ。

助けてくださった救急隊員の方曰く、

「発見した当時、彼は自分で、道端に落ちていた石を掴み、自分の頬に釘を打ち込んでいたんです」

とのことらしい。

男子生徒の頬に打ち込まれていた釘の数は、全部で三十五本。

後に意識を取り戻した男子生徒曰く、

「自由時間の時、我慢出来なくてホテルの裏にあった神社におしっこをした。そうしたら、いつの間にかこんなことになっていた」

そうである。

いっしょに

骸鳥賊

「あの、わんわん、って吠える声を聞くとなんだか切なくなっちゃって……」

香織さんは溜息をつく。

三年前、義母が長い入院の末に亡くなった。骨壺に入り、白木の箱に収まっての一年以上ぶりの帰宅となった。

「それ」をしたのは、香織さんの十歳になる息子の春斗くんだったという。

家には義母の入院中に死んだ、飼い犬のモカの遺灰が小さな祭壇を仕立てて安置してあった。そのうちに手近なペット霊園を見つけて……と思っていたが、香織さんも夫も日頃の多忙にかまけて放置していた。

「おばあちゃんの骨壺に、モカの骨も入れてあげたんだ」

春斗くんが打ち明けたのは、義母の納骨が終わってひと月ほど経ち、モカの埋葬先をちゃんと探そうという話が出た食卓でだった。

香織さんも夫も驚いたが、おばあちゃんが一番モカのことを可愛がってたから、一緒にお墓に入ったら寂しくないと思って――そう涙を浮かべて言う春斗くんの気持ちは理解できた。

「でもねえ……やっぱり混ざったら、良くなかったんでしょうね」

それから時折、夜中になると庭の方から「わん！　わんわん！」と吠える義母の声が聞こえるようになったそうだ。

◆一読、「怖い」と思わず声を漏らしてしまいました。最後の一行で、予想していた光景が砕け散り、さらなる恐ろしい景色が脳内に広がっていく――そんな珠玉の一作です。

近付けない場所

筆者

矢部さんはどうしても立ち入る事が出来ない地域があると言う。詳しい場所を書く事は控えるが、港区にある某所だけは、どうあっても近付く事すら困難らしい。

ある時、仕事で必要な資格を取るのに、どうしてもその近くまで行って講習をしなくてはならなくなった。覚悟を決めて向かったが、やはりいつも通りに呼吸が荒くなって来る。いけない、このままだと過呼吸になって倒れると思った刹那、通りの向こうから巨大な車輪が転がって来るのが見えた。どういうわけか、その全てに火が点いた直径二十メートルはありそうな、大きな車輪なのである。あれはなんだ？　疑問は湧いたが、矢部さんは咄嗟に、「追い付かれたら死ぬ」と悟り、背を向けて一目散に駆け出した。

後日、そのことを友人に語ると、「多分これじゃねぇ？」と、一枚の妖怪絵図を送って寄越した。それは〝輪入道〟と言う古来から伝わる妖怪らしく、その車輪の中央には人の顔が付いている。

果たして先日矢部さんが見たのがそれなのかどうかは分からないし、人の顔があったのかも定かではないのだが、なんとなくあの地域だけ駄目な理由が分かったような気がしたと言う。

女の声

司翠々稟

六〇代の整体師さんから聞いたお話。

彼がまだ小学生の頃、冬の夜に一人留守番をしていた。I県の山間で隣家まで数百メートルの一軒家。雨戸からの隙間風が冷たい。

こたつに身を縮めていると風の音に紛れて何か聞こえる。「フゥーヒィイーー」歌声とも悲鳴ともつかない声が雨戸の向こうから聞こえる。声の主は庭を徘徊しているようだ。

恐怖からこたつに潜っていると突然「ジリリリリ！」と玄関の黒電話が鳴った。心臓が止まるほど驚いたが、出先の母からだと電話まで急いだ。

受話器を取ると「家の人はいますか？」と知らない男の声。

「いません」と答えると、「えぇー？　後ろで女の人の声がしてるよぉー？　あはははははぁぁ」と狂ったように嗤い出した。思わず電話を切ったが嗤い声は続いた。

玄関のすりガラスに大きく口を開けた女が張り付いていたそうだ。

声もなく落とした

枢　葉月

林さんが住んでいる二階建てアパートは一階の各部屋にだけ小さな庭が付いており、偶に上の階の住人の洗濯物が落ちてくることがあった。

ある日の真夜中、何かが落ちる物音が、庭からした。トイレに起きていた林さんがカーテンの隙間から恐る恐る外を覗くと、力いっぱい無理矢理に引きちぎられたような、ズタズタになった掛け布団が落ちていた。恐ろしく思いながらも、寝巻きで庭に下りた。

庭には落下の拍子に溢れた羽毛が散乱している。近づくと、どうやら三枚重ねらしい布団の中央に恐らくは女児向けの玩具だろう赤ちゃんを模した人形が落ちており、身体中いっぱいにマジックペンか何かで「うまれますから」と細い字で書き込まれていた。

驚く林さんの耳が女の声を聞いた。

「すぐに　すぐにでも生まれますから声　声聞かせるから　待ってて声　産声」

林さんはその晩、布団をかぶるのも恐ろしく、両耳を抑えながら丸まり、殆ど気絶するようにして眠った。あくる日恐る恐る庭を見ると、何もかも綺麗に無くなっていた。

上の部屋の住人は男の単身者だし、知る限りアパートの住人に妊婦は居なかったと林さんは言うが、その後すぐに部屋を引き払ったので、それ以上のことは分からないそうだ。

心霊写真？

有野優樹

いきつけのカフェで店員さんと怪談話をしていたとき、隣に座った男性に、

「今、怪談って言いました？　いきなりすみません。実は親父から〝うちに、心霊写真あるんだけど見る？〟と言われたことがありまして」

と話しかけられたので、詳しく聞いてみることに。


その男性のお父様が、新婚旅行に行ったときのお話だという。

ネガフィルムのカメラを持ち歩き、旅行先や宿泊施設の写真を撮って思い出を残した。

新婚旅行も無事に終わり、家に帰ってフィルムを現像する。


〝一枚、撮った覚えのない写真があった〟

ロッカーが並ぶ更衣室のような場所。

真ん中に一人の男性が、赤富士が描かれている大きな額を持って立っている写真。

「これの何が心霊写真なの？」

「立ってる人。額で顔が見えないけど、これ、死んだ俺の親父なんだよ。仮にこの写真を

撮っていたとしても、行ったときにはもう亡くなってたから映るのは変なんだ」

男性は僕に、

「亡くなった人が写っているという意味では心霊写真なんですけど、赤富士って縁起物だから、もしかしたら祝ってくれたのかと思って。これ、良い話なのか怖い話なのかどっちだと思います?」

と聞かれたので「わかりません」と答えた。

盛り上がり

沫

ある朝の事である。

起きて階下へと向かう麻子さん。見ればどうにも、リビングの様子がおかしい。テーブルや椅子、調度品の全てが微妙に位置を変えているのである。

なんだこれ――と眺めていると、その部屋の中央のカーペットが、やけに盛り上がっている。

理由は分かった。その盛り上がりのせいで敷いたカーペットが中央へと引き寄せられ、家具の全てが動いてしまったと言う訳だ。

ではあの盛り上がりは何なのだろうか。

麻子さんは家具をどかし、カーペットの端を掴んでめくり上げた。

果たしてそこには――何も無かった。

そんな現象は都合三回ほど起こり、面倒になった麻子さんはカーペットを取り払い、今はただフローリングの床ばかりにしていると言う。

◆陰になにかが潜んでいるのでは――私たちはその怖さばかり追いがちですが、もしかすると「なにもない」ほうが何倍も恐ろしいのかもしれません。そんな、知りたくもなかった新発見をさせてくれた、まこと畏怖すべき一話です。

知らない訪問者

高崎十八番

一人暮らしをしているA子さんが、自宅の扉を開けようとした際、ガチャガチャ、と反対側からドアノブを回す音が聞こえた。これは、A子さんが帰宅したときの話であるが、中には誰もいなかったそうだ。

お化け屋敷のロープ

田沼白雪

私が高校三年生の時の文化祭の話。

私のクラスは、お化け屋敷をやることにした。

と、クラスで一番お調子者の男子、中野君が自ら小道具係になることを申し出てくれた。

そうして、文化祭まであと数日に迫った頃、沢山の小道具を持って教室にやってきた中野君。彼が作った小道具は、どれも手が込んだ作りだったのをよく覚えている。

そんな小道具の中に、一つだけ異様なものがあった。

それは、輪っか結びになった、黒ずんだ太いロープだった。

「なんとなく雰囲気があるだろ？　これ」

自慢げに笑いながらそういう中野君。

私達は彼の言葉に「確かに」と頷くと、そのロープも教室の中に飾ることにした。

そうして、文化祭当日。

沢山のお客さんが私達のお化け屋敷にやって来てくれたが、怪我人が続出したのだ。

皆、何かに躓いては壁際に飾っていたあのロープを掴み、腕や手首に痣を作ってしまうのである。

しかも、中には転んでロープを掴んだ拍子に、首を吊ってしまいそうになった人まで現れたのだ。

流石におかしいと思い、私達が中野君を問い詰めると、彼は笑顔でこう言ってのけた。

「うーん。やっぱり、自殺現場から持って来たロープはダメだったか」

◆「人間がいちばん怖い」とはお化けを愛してやまない私のもっとも憎む常套句ですが、本作の禍々しさを前にすると、それも真実の一端かなと思いなおしてしまいます。惜しむらくは、タイトルが半ばネタバレになっている点でしょうか。

登山遠足

浦宮キヨ

聡子さんが小学生の頃の話だ。六年生の恒例行事で、聡子さん達は地元の山へ登山した。標高五百メートル程度の山で、舗装された道を歩くだけの簡単なものである。数人ずつの班に分かれていたのだが、下山の際に聡子さん達の班は近道をしようと未舗装路に入り込み、迷ってしまったそうだ。

辺りが薄暗くなり、舗装路にも辿り着けず、女子が泣き始めた頃、不意にいい匂いがした。見ればそこには、大きな石の上に人数分のハンバーガーがある。それは某有名チェーン店の紙で個包装されており、触れてみるとまだ温かかった。

空腹の小学生にとって、それは大変魅力的だった。聡子さんも食べたくて仕方なかったが、どう考えてもおかしい。迷った末、結局そのハンバーガーには誰も口をつけず、獣道の先へ進むことにした。すると間も無く舗装路に出る事ができ、探しに来ていた教員と合流できたという。

聡子さん達が卒業してからも、六年生の登山は毎年続けられていたのだが、数年後にその行事は廃止された。最後の年の登山で一人が行方不明になってしまったためだ。

きっと、その子は食べたのでしょうね。すごく美味しそうだったから無理もありません。

聡子さんは確信めいてそう言った。

インビジブル

のっぺらぼう

当時Nさんが通っていた幼稚園では、TVアニメの影響でトイレの花子さんが一世を風靡していた。

御多分に漏れずNさんも、友達数人で花子さんを呼ぶ真似事をして遊んでいたという。

ある日、Nさん達はトイレの一番奥の個室の扉を三回ノックし、元気良く花子さんの名前を呼んだ。


……はぁーい。


その場にいた友達の誰の声とも一致しない、か細い少女の声が個室の中からはっきりと返ってくるのを全員が耳にした。

「扉、開けたままだったんですけどね。目の前、便器しか無かったんですけどね……」

井戸ポンプ

浦宮キヨ

水回り設備の会社に勤める藤巻さんは、ある日ポンプメーカーからの依頼で、個人宅の井戸ポンプを撤去した。ポンプはそれほど古くはなく、見たところ異常もない。家主の男性に撤去の理由を尋ねると、彼はよくぞ聞いてくれたとばかりに話してくれたそうだ。

なんと砂取器に毛髪が詰まるという。初めは驚いてすぐに警察を呼んで調べたらしいが、井戸の中に死体はもちろんゴミなども無かったそうだ。それにもかかわらず砂取器は度々詰まり、開けると中には髪の毛がぎっしりという状況が続くので、気味が悪く井戸を埋めることにしたのだという。

藤巻さんがポンプを撤去してしばらくして、ポンプメーカーの担当者から電話が掛かってきた。出てみると、あの家に関する話だった。

「藤巻さん、変なこと聞くけど、あの家のポンプ、撤去したよね?」

そう聞かれ、当然したと答える。撤去の写真も添えて報告書を提出済みだ。担当者がそれを知らぬはずはなかった。

「そうだよね、変なこと聞いてごめんね。ご依頼主さんから電話があってね。井戸も埋めたはずなんだけどなぁ」

電話を終える間際、担当者が独り言のように呟くのを、藤巻さんは確かに聞いた。

「溢れてくるって何なんだよ……」

二人で作った○○

薊 桜蓮

関東在住、働くお母さんである石井さん。

小学生時代は都内のベッドタウンの、あるマンションで家族と暮らしていた。

当時、そのマンションには、石井さんの他にも小学生が十人くらい居た。

中でも真也君と洋佑君は、石井さんと同じ学校の同学年で、三人は、ほぼ毎日一緒に裏山での危ない遊びや、悪戯ばかりをしていたが、石井さんは六年生の夏に転校した。

これは、石井さんが、成人式で偶然に会った、彼らの小学校の同級生から聞いた話だ。

彼らが高校生の時だという。真也君は自ら命を断った。洋佑君は癌で他界した。

石井さんは取材中、筆者にこうたずねてきた。

「これは私と、仲間の女子のせいですか？　私と同級生の明日香ちゃんって子は、真也と洋佑に地味に虐められていたんです。先生や同級生からは、私たちは仲良しグループにしか見えてなかったかもだけど。私と明日香は、毎日、二人で作った、【真也と洋佑がこの世から消える呪文】を唱えていました……。こんな話で大丈夫でした？」

再会

藤野夏楓

幼くして肺炎で亡くなってしまった妹の為に、母と祖母は甘辛く煮た油揚げに山菜おこわを詰めた稲荷寿司を用意した。それを裏山にある墓に持っていくのが姉である桐子さんの役目だ。

弟の手を引き、ハルジオンの咲いている道を歩いていく。鬱蒼とした木々の合間から溢れた太陽の影が地面に斑ら模様を残している。

「ダルメシアンみたいだね」

「カルピスの包み紙みたい」

ぐずっていた弟を喜ばせるため、本で読んだ動物やお母さんが棚の奥にしまい込んでいるお中元の箱を思い出してみる。

「幸子ちゃんも飲めたら良かったね」

その時、突然、カタカタと弁当箱が小さく揺れ、桐子さんは驚いた拍子に弁当箱を地面に落としてしまった。

恐る恐る風呂敷を広げ、銀の蓋を開けると、お稲荷さんが一つ減っていた。

周りを探したがどこにも落ちていない。弟と二人、半べそをかきながら妹の墓に向かうと不思議なことに香炉の台の上に齧《かじ》りかけのお稲荷さんが一つ、置いてあったのだという。

桐子さんは、今でも弟と一緒に妹の墓参りに行く。稲荷寿司を供え、道端に咲いているハルジオンを少し摘み取る。

ハルジオンの花言葉は「再会」、いつかまた逢えますように。

◆なにげない部分――本作で云えば「甘辛く似た油揚げに山菜おこわ～」のような、日常を描いた部分こそが、怪談の生々しさを担保してくれます。本作ほど、リアリティとはなにかを再確認させてくれる怪談はないかもしれません。

美しい顔

高崎十八番

K県出身である邦男さんが、十五歳の時に体験した話。

全長二メートルほどの生首が、外灯の明かりを避けるようにして、ユラユラと飛行していく姿を目撃したのである。邦男さん曰く、その生首の容姿は、若くて綺麗な顔立ちをした女の顔であったという。目は瞑《つぶ》ったまま、一言も発さずに飛行する生首を、邦男さんは唖然として見つめるしかなかったそうだ。

その日の晩。邦男さんは一度も会ったことがない叔母の通夜に、家族総出で向かうこととなっていた。斎場に到着した邦男さんが入室すると、飾られた遺影に、どこか見覚えがあることに気付いた。

（さっき見た女の人にソックリだ……）

棺桶の蓋を開けて故人の顔を伺うと、確かに先ほどの生首の女であった。死因は、横断歩道を歩いている途中に、大型トラックに跳ねられたことだそうだ。仏花に囲まれた叔母の顔には、特に目立った外傷はなく、今もまだ生きているかのように、美しい顔のまま死んでいる。しかし、首から下の体は、棺桶に納められていなかった。

そして――。
亡くなってから五十年以上が経過した今も、首から下の体は、いまだに行方不明のままであるそうだ。

侵入者

鬼志 仁

F県にあるF団地は飛び降り自殺の多さで有名だ。そこに住んでいた友人のBから聞いた話。

「飛び降りるのは、みんな俺が住んでいた第一四棟なんだ」

不可解なのは、どの自殺者も屋上に靴を残しているのだが、屋上へ出入りするドアは鍵が掛かっていて、開けられた形跡がないのだ。

警察はなぜ第一四棟ばかり自殺者が出るのか調べたらしいが、原因はわからなかったという。

「噂では霊能者を連れてきて、屋上を視てもらったらしいんだが、『ここには悪いものはありません』と言われたらしいよ」


ある夏の日のことだった。

Bが玄関のドアとベランダの窓を全開にして風が通るようにしていた。

海が近いので、そうするだけで涼しくなるのだ。冬以外はよくそうしているという。

「部屋で寛《くつろ》いでいて、ふと、廊下の方を見ると、見知らぬ男が歩いているんだ。そいつ、ベランダに出ると、手すりに足を掛けてさ。あわてて声を掛けたら、そいつ、ぼんやりして、『ここどこですか？』って」

後でわかったことだが、Bの住んでいた部屋こそ殺人事件のあった事故物件だったのだ。

「みんな俺の部屋を通っていたんだよ。ただ、どうして靴だけ屋上にあったのか、未だにわからん」

ダイブ女

千稀

Aさんは飲み会の帰りに高齢女性に呼び止められた。

「ねぇお兄さん。ここ変じゃない？」

女性はビルの間の小道を指さしている。なんてことのない場所だ。

「いや、特には……」

困惑しながら答えるも「ほらほら、よく見て」としつこく言ってくる。

面倒くさいので無視して立ち去ろうと思ったのだが、見ているうちに気がついた。指さす先の地面だけが、じっとりと濡れてきている。

「だよねぇ、そうだよねぇ！」

表情の変わったAさんを見て、女性は妙に興奮している。

地面からは徐々に小さな泡が立ち始め、とろりとした液体が丸く湧いてくる。

高齢女性は嬉しそうにはしゃぎ、期待に満ちたような目でこちらを見ていた。

「ここねぇ、残っているんだよねぇ！」

そう叫んだ彼女は、黒くとろけるように溜まった液体へ身を投げた。

直後にべちゃっと何かが潰れたような音が聞こえたが、気にせず全力で走った。

気がついたときには家のトイレで縮こまっていたという。

「幽霊とかではないと思う。今もその女性たまに見かけるし」

その小道の場所だけはどうしても思い出せないということだ。

◆幽霊に遭遇する者はまだ幸いである——そんな言葉を思いだした怪作です。女性の素性、液体の正体。なにもかも不明なまま怖気だけが残る、しかも女性はいまも彷徨っている。
不条理怪談の魅力、堪能させていただきました。

引き継いだ小箱

沫

祖父が亡くなる直前、孫である直之さんを呼び付け、和紙をぐるぐる巻きにした小箱を一つ手渡した。

いいか、この箱は絶対に開けるな。

祖父は怖い目でそう言った。

じゃあこれどうすればいいんだよと聞けば、俺が死んだらすぐに火に焼《く》べてしまえと言う。

それから半月後、祖父は亡くなった。

直之さんは言われた通り、庭先で箱を燃やした。

その晩の事だ。一人でいる直之さんの元に祖父が現れ、「もったいない事をするんじゃない」と一喝し、消えてしまったと言う。

見るべきだったのか、そうではなかったのか。未だに分からないと直之さんは言う。

蝉

浦宮キヨ

その夏の夜、浪人生だった久志さんは一人、勉学に勤しんでいた。久志さんの部屋にはエアコンが無かったが、自宅は団地の三階で、当時は窓を開けていれば良い風が入ってきてそれほど暑くはなかったという。

黙々と机に向かっていると、急に外から蝉の鳴き声が聞こえてきた。窓のすぐ外にいるらしく物凄くうるさい。こんな夜中に鳴くものかと訝しく思いつつも、久志さんは追い払うためにカーテンを開けた。

部屋の窓の目の前には電柱が立っている。そこにしがみついていた男と目が合った。男はかっと目を見開き、口を「イ」の形にして、蝉のように鳴き声を発していた。

その瞬間が、久志さんの人生で一番の恐怖体験だったという。頼むからあれが幽霊であってほしい、と彼は苦い顔で言った。

頁を捲る音

高崎十八番

背後から、本のページを捲る音が聞こえてきた。

仰向けで、Sさんが本を読んでいたときのことである。

赤い交差点

沫

孝さんが十九の頃の事である。

友人の家で悪さをし、相当な量の酒を飲んで帰宅している最中。畑のど真ん中の交差点へと差し掛かった。

深夜のせいか、頭上の信号は赤の点滅だった。チカチカとアスファルトに落ちる赤い光がやけに綺麗で、孝さんはしばらくその明かりを眺め続けていた。

見れば何故かその信号は、どの方向からも赤の点滅であった。

流石にその指示はおかしいのではと思ったが、その光景が面白くて、孝さんは交差点のど真ん中で寝転がり、空を仰いだ。

車は来ない。人も来ない。この世界は俺だけのものだ――みたいな錯覚に陥りつつ、孝さんはいい加減帰ろうと身を起こす。

だが、家の方向が分からない。四方向共にどれも同じ道のように見え、どれが自分の家に続く道なのかまるで分からないのだ。

ポンと、音がする。気が付けば既に朝だった。

孝さんは交差点のど真ん中で寝そべったままで、通る車は孝さんを避けつつ徐行して走行していた。

数日後、深夜にその交差点をバイクで通り掛かった。

信号はどこも点滅などしていなかった。

リハビリ室

碧絃

美里さんは、整形外科のリハビリ助手をしている。

電気刺激療法を担当していた日。治療を終えた男性の脚から吸盤を外そうとしたが、しっかりと貼り付いているようで、なかなか外れなかった。

「あれっ、ちょっと待ってくださいね」

男性の脚を押さえ、反対側の手で吸盤を引っ張る。

ポンッ、と音がして吸盤を取ることはできたが、歪な形の黒いものが、ぽろりと落ちた。親指の先くらいの大きさだ。黒いものはそのまま転がり、美里さんの足元まで来た。

――えっ！　もしかして、虫？

ざわり、と全身の肌が粟立ち、反射的に黒いものを踏み潰した。

ぶちゅっ！

湿った音が響く。

――ど、どうしよう。踏んじゃった。

動けない美里さんの横で、男性患者がベッドから起き上がった。そして膝を曲げたり伸ばしたりしている。

「おっ。一気に脚が楽になったよ、ありがとう!」

男性患者は来た時とは別人のように、軽快な足取りで帰って行った。

その後、美里さんは恐る恐る靴の下を確認したが、何もいなかった。

◆「肩こりだと思い整復院を訪ねたところ、原因は人ならざるモノで……」的な話はいくつか見た記憶があれど、黒い実体を伴っているケースは初耳です。体調不良が恐ろしくなってしまいます。

誰かいる

沫

名古屋から長野へと向かう、とある道中での出来事。

山崎さんは仕事の都合で、真夜中に車を走らせていた。

どう言う訳かその晩に限って前後に車はおらず、対向車の姿もほぼ無かった。単調なだけの運転が続いた。深夜も三時を回り、そろそろ仮眠でも取るかと思った辺りで、路肩に大きな待避所を見付けた。

ちょうどいい、明け方まで寝ようと車を停め、後部座席に移って身体を横たえる。

一瞬で記憶が遠のくが、瞬間、エンジンを切った筈の車体が大きくぐらりと揺れた。

地震か？　と思ったがそれ以上の揺れは無い。気のせいだったかとまた目を瞑ると、再びぐらりと来る。

身を起こす。大分暗闇に目が慣れて来たのか、目を凝らして外を見れば、なんとなくだが人がいる気配がある。

誰かいるな。ふざけやがって。

山崎さんは運転席へと戻ってキーを回し、エンジンが掛かると同時にライトを点灯させた。

記憶があるのはそこまでで、山崎さんが失神する直前に見たものは、その待避所一杯に詰め掛けた大勢の人の群れであった。

次に目が覚めると、外は既に明るかった。

見れば待避所はガードレールで仕切ってあって、到底車で入って来られるような場所ではなかったのだ。

閉じ箱

骸鳥賊

俊介くんが学生時代、廃墟探検にハマっていた頃の話。

「×浦観光ホテル」という、地元では有名な心霊スポットの廃ホテルに行ったそうだ。ドアが壊され、入り放題になっている正面玄関から忍び込んで、ボロボロのソファや腐った観葉植物など調度もそのままのロビーを探索していた時のこと。フロントカウンターの裏に、大量のマッチ箱が散乱しているのを見つけた。

ホテルの名前が入っており、ノベルティらしい。潰れるとなって要らなくなり捨てていかれたのか……何の気なしに拾い上げ、表面に人名らしきものがマジックで書かれているのに気づいた。

×浦×明、ホテルに冠された創業者のものと同じ苗字だ。関係者だろうか？しかし、なぜマッチ箱に？

箱の中で何か、からら、と軽いものが転がった感触があったのも気になった。マッチ棒が入っている感じじゃない。

つい中を検《あらた》めて、俊介くんは後悔した。

箱には毟《むし》られた何かの甲虫の頭部と、人の爪らしきものが入っていた。

そして足元に散らばるマッチ箱の殆どすべてに人の名前が書いてあるのに気づいて、俊介くんは怖くなって逃げ出したという。

穴を掘る少女

筆者

ある時から、玲子さんの家の庭にこっそりと忍び込み、木の下を掘り返す子供の姿を見るようになった。

少女である。

その度、「こら」とたしなめるのだが、その子は無言で逃げ去るばかり。

ある日の事、家へと帰れば庭へと続く門扉が開いているのを見付けた。覗けばいつもの少女が、いつもの場所を掘り返していた。

これは良い機会だと思った玲子さん。退路を断つようにして少女に近付き、「何してるの？」と声を掛けた。

するど、逃げられないと察したのか、少女は素直に「ごめんなさい」と頭を下げる。

聞けばかつてこの家は、その子が住んでいた家だったらしい。そして木の下を掘るのは、そこに彼女の大切なものを埋めているからだと言う。

「じゃあおばちゃんが掘っておいてあげるから」

玲子さんはそう約束し、少女を帰した。


——警察の取り調べはその日の深夜に及んだ。例の場所から掘り出した遺骨は鑑識へと回された。

これは後で聞いた話だが、かつてここに住んでいた家族は、子供の行方不明事件と共に引っ越しをしたと言う。

だがそこから出て来た遺骨が、その少女の物だと鑑定されたらしい。

「その子の写真、見ますか？」

担当の刑事に言われたが、玲子さんは首を横に振った。

◆一行アキで時間が経過したあとに語られる、衝撃と戦慄の事実。時間軸のジャンプがなんとも巧みですね。最後のひとことも体験者の心情をあざやかに描写しており、感心してしまった次第です。

山道の爺さん

蜂賀三月

十三年前に実際に体験した話。

私は友人が運転する車の助手席に座り、S県からG県へと向かっていた。深夜一時の山道で、視界の先に何か白く、背の高いものが見えた。それはガードレールの奥にいて、暗い山道でひときわ浮いて見える。

そこにいたのは上下の白い肌着を着た爺さんだった。

爺さんはガードレールの奥に立っている。私はそれに気付いた瞬間体が少し浮いた。実際の人間なのか、それともこの世のものではないのか。

ほんの少しだけ遅れて友人の運転が右寄りになる。その爺さんを避けるかのように車が動いたので、私は友人にも見えているものなのだと、胸をなでおろした。間を空けて、友人は聞いてきた。

「今の気付いた?」

「うん、めっちゃびびったわ」

「呆けてて徘徊してるとか?　通報しといた方がいいかな」

「やめとこう。呆けてない爺さんだったら面倒になるし」

その後何もなく帰路についたが、なぜかあの爺さんのことが頭から離れなかった。

私は日中にその山道をもう一度確認してみることにした。

爺さんが立っていたガードレールの奥は傾斜がきつく、とても人が立っていられるような場所ではなかった。

ママ

沫

茜さんが小学生の頃、クラスに美優ちゃんと言う女の子がいた。

彼女の家に行くと、いつもお母さんが出迎えてくれる。だがそのお母さん、子供心にも綺麗な人とは言いがたい、陰気で地味なタイプの人だった。

しかもその母親、美優ちゃんに対する口調が相当酷く、宿題はどうしただの、遊んでばかりいるなと怒鳴るばかり。そして美優ちゃんもまた、負けじと「うるさい！」と怒鳴り返すのである。

ある日の授業参観、美優ちゃんが「ママ！」と叫んで教室の後ろに並ぶお母さん達に手を振った。そして向こうで手を振り返したのは、自宅で見る陰気な母親ではなく、とても明るく笑う綺麗な人だった。

父親が再婚したのか。それとも母の代理だろうか。それ以降も美優ちゃんの家へと行けば、やはり出迎えるのはいつもの陰気な女性である。

それから少し経って、美優ちゃんのお母さんが亡くなったと言う話を聞いた。

その告別式には、茜さんも同席した。

祭壇には美優ちゃんの母である人の遺影が飾られているが、その写真はいつもの陰気な人ではなく、かと言っていつかの授業参観で見掛けた綺麗な人ですらない。
全く別の顔の女性の写真がそこにあったのである。

不吉な前兆

碧絃

智則さんの家では『屋根にカラスがとまるのは不吉』と言われていて、カラスがとまっているのを見かけた時は、家族で情報を共有して気をつけている。

曽祖母が亡くなった日も、祖父が脳出血で倒れた日も、屋根の上にカラスがいた。

しかし、家事で家が全焼した日は、屋根の上にカラスがいるのを誰も見ていないのだと、智則さんは首を傾げた。

「そういえばあの日の朝、ボロボロの服を着たお爺さんが屋根の上に座っていて、気味が悪いなと思ったんだよね。どうやって登ったんだろう……ん？　お爺さんのことを家族に言ったのかって？　言ってないよ、カラスじゃなかったし」

白い蛾

花園メアリー

知人のAさんは不遇だった一時期、ホームレスだったことがある。

夜、シャッターが閉まった商店街でダンボールの寝床を作っていると、決まって飛んでくる一匹の白い蛾がいたそうだ。

「手のひらの半分ぐらいの大きさで、ふさふさした触角とか、ぷっくり太った胴体とかが気持ち悪くてさ」

とはいえ、蚊や蜂のように刺すわけでもないので、無益な殺生などせずに放っておいた。

ある晩、Aさんは不良少年たちに寝込みを襲われた。ダンボールの寝床を燃やされ、這い出してきたところを寄ってたかって足蹴にされたのだ。

痛みに朦朧とする中、Aさんの視界に例の白い蛾が入ってきた。

「なんでか分からないんだけど、そのとき俺、とっさに蛾を掴んでグシャリと握り潰したんだよ」

どろりと流れ出した蛾の体液は赤黒くて生臭かった。

そのとき突然、少年のひとりが腹部を押さえて倒れこんだ。断末魔のような少年の叫び声と、パトカーのサイレンの音を聞きながら、Aさんは意識を失った。

あとで警察官から聞いた話では、倒れていた少年は、外傷は見当たらないのに、内臓がひどく損傷していたという。

「あのブシュッとつぶれたときの感触が、今でも忘れらんないよね」

と、Aさんは小さく笑った。

◆蛾や蝶は人間の生まれ変わりである――そんな言い伝えが各地に残っています。それに倣うなら、白い蛾はAさんを見守る肉親で、身を挺して彼を救ったのかもしれません。もっとも当人は、その一件で闇の底へ堕ちてしまったようですが。

満月と牡丹

碧紘

美園さんがまだ新人看護師だった頃の、夜勤の日。

その日は満月で、ライトをつけていなくても普通に歩けるくらい、廊下が明るかった。

窓際に飾られている牡丹の花も、月明かりに照らされて白く輝いている。

小児病棟をまわった後で、また満月を眺めながら歩き始めた。廊下の先に見える牡丹の花が、先程よりもさらに輝いて幻想的な雰囲気だ。

なんだか得をした気分だな。そう思った時。

花びらが、ふわりと動いたような気がした――。

「え……？」

声が漏れると同時に、足が止まった。もしかすると、花の中に虫がいるのかも知れない。虫が苦手なので、眉根に力が入った。

――あれ？　そういえば……。

ふと、前日の出来事を思い出した。

先輩が廊下の花瓶に、ピンクのコスモスをさしていたのだ。花壇に咲いていたコスモスを、幼い子供が折ってしまった、と言っていた。

――夕方に見た時も、ピンクのコスモスだったはず……。

そう考えながら近付いた瞬間。思わず叫びそうになって、口を両手で覆った。

白い牡丹の花ではない。

ピンクのコスモスの花を、四つの白い小さな手が包み込んでいた。

真っ赤な嘘

骸烏賊

「声で、嘘をついてるかどうか分かるんだ」

酒場で隣り合った知らない老人と、他愛ない雑談でひとしきり盛り上がった後だった。老人が妙なことを言い出した。

「分からない奴は想像できんだろうが、人の声に色がついてるように聞こえるんだよ。今みたいに普通に喋ってる時は白いんだが、嘘をつくと赤くなる」

真っ赤な嘘、って言葉はこの感覚がある奴が作ったんだろうな――老人はそう笑った。

「嘘と本当をまぜこぜにしてちょっと喋ってみてよ」

興味を持った私は言われるまま、自分のプロフィールを虚実織り交ぜて話してみた。年齢、出身地、職業……老人は「それは本当」「あ、嘘」「それも嘘だ」と相槌を打っていく。

それが見事にすべて当たっている。どんな仕掛けか知らないが見事な芸だ。酒を一杯、奢ってやった。

帰り際、老人はこんな話をしてくれた。

「赤い嘘ならまだ良いんだよ。昔、テレビ見ててびっくりしたんだけどさ。殺人事件のニュースで、被害者の隣人だって男がインタビューされてたんだが、その声が真っ黒だったんだよ。で、結局そいつが犯人だって後で分かったんだ」

声が黒い奴には気をつけな——まったく役に立たないアドバイスを残して老人は去っていった。

◆怪談には往々にして〈奇人枠〉とでも称すべき、怪しい能力を持った人物の譚が登場します。本作はその最たるもの、理想系のひとつでしょう。一期一会で老人と再会が叶わない点も、怪しさに拍車をかけていますね。

通り抜け禁止

佐々木ざぼ

有野さんが高校に通う途中に小さな空き地があり、真ん中に「通り抜け禁止」と手描きされた看板が立っていた。

空き地の向こう側に通路などはなく、雑木に覆われた林が広がるばかりで、頻繁に人が通るようには思えない。

ある日、通学のため空き地の横を過ぎようとした有野さんは「なぜ『立ち入り禁止』ではなく、『通り抜け禁止』なのだろうか」と疑問に思ったそうだ。

たいして意味のない看板かもしれないが、妙に気になった。もしかして、空き地を抜けた林の先に、知れてはいけない何かがあるのかも——。

「死ぬぞ」

はっと気が付くと、傍らに白髪の老人が立っていた。自分の足下を見ると、知らぬ間に空き地を抜け、林の奥に踏み込もうとしていた。

「まれに、オメエみたいな若いのが、あそこで首吊るんだ」

老人が指さした先には苔むした大きな樹木がそびえ立ち、歪《いびつ》に伸びた幹の先端に一本のロープが垂れ下がっていた。

有野さんは震える声で、あの看板は何なのかと老人に尋ねた。

「誰が立てたか知らねぇけど、抜いてもいつの間にか次の看板が立ってるんだ。まあ、通り抜けるなって言われたら、逆に興味が沸くだろ？」

アレはそういうもんなんだ、と老人はつぶやいたそうだ。

混線

小祝うづく

一人暮らしを始めた正敏さんは毎朝、ネット配信されている怪談番組をBGMに朝食を食べることが朝の楽しみだった。

いつものように怪談を流しながら、スマホのニュースを横目に朝食を食べていると、少し気取った話し方をする高い声が聞こえた。

テレビに視線を向けると、黒い服を着た男がカメラ目線で話している。

「Aさんが家でご飯を食べていると、不意にAさんの背後で声が聞こえたんです。そしたら――」

「おい」

正敏さんの耳元で低い声がした。

思わず振り返るが背後には誰もいない。

「そっちじゃない」

テレビから男の声が聞こえた。

テレビ画面は男の笑顔のアップでフリーズしていたが、甲高い声だけは流れ続けている。

「そっちじゃないそっちじゃないそっちじゃない」

正敏さんが電源を切ろうとリモコンのボタンを押したが、全く操作が効かない。

「実は、その家――」

不意にバチンという音がしてテレビの電源が落ちた。

正敏さんは後日、番組を見直した。

確かにあの時の番組回で間違いなく、あの黒服の男も出ていたが、雰囲気がまるで違った。

気取った話し方はせず、話の最中に笑顔を見せることは無かった。

なによりも語っていた怪談が、あの時と全く違う内容の怪談だった。

病衣の男

藤野夏楓

沢木さんが通院している病院での話だ。

レントゲンを撮るためにエレベーターで降下していくと、たまに自分以外に乗っていないエレベーターの中から甚平姿の男性が降りていくことがあるのだという。その男性は右半身だけを残し、スーッとレントゲン室に消えていく。

そんな日は特に白いモヤが自分の体に覆い被さるようにレントゲンに映りこんでしまうのだという。

母の乳歯

高崎十八番

K子さんが菓子パンを食べていると、乳歯が一本抜け落ちた。

母に抜けた歯を見せると「屋根上に投げなさい」と言われたという。言われた通りに、屋根上へ乳歯を放り投げた。しかし、乳歯は屋根上に留まることなく、瓦を転がっていき、庭にある枯れた井戸の中へと落ちてしまったそうだ。

再度投げてみようと試みたK子さんの中に顔を覗かせる。すると、中には鬼の形相をした母が仁王立ちしていたのだ。

その様子を見てK子さんは、居間にある仏壇へと向かい線香をあげた。

一ヶ月前に母が死んでいたことを、何故か数瞬の間だけ忘れていたのである。そして自身が、すでに乳歯などはない、大人の女であることを思い出し、一体誰の乳歯を屋根上に投げたのか怖くなった。

辺りを見回すと、仏壇に置かれた骨壷の蓋が開いていることに気付いた。

その日の晩。K子さんが井戸の中で死んでいるのを、七歳離れた弟B君が発見した。

「母が死んでから姉の様子がおかしくなった。突然奇声をあげたり、母の遺骨を乳歯だと言い張り、屋根上に投げたりして……。やっぱり虐待されて育ったのが……」

と、取材に応じてくれたB君は語り終え、後に、その井戸を祓って解体したという。

◆亡くなる日の姉の行動から心情に至るまで、なぜB君は詳細を知っていたのか。実は語られているのはB君自身の体験で、K子さんが死んだのは自殺ではなく――怖気立つ妄想が止まらない、なんとも奇妙な作品です。

彼女

沫

いつか逢おうと言って別れた彼女から、「逢えない?」と言うメールが届いた。
佐久間さんがそんな彼女の訃報を聞いたのは三日前。
未だ、「いいよ」という返事は送れていない。

真冬の出来事

筆者

真冬の出来事である。

間もなく深夜の零時に差し掛かろうとした時刻。

無音のままのリビングにノックが響いた。

ベランダだなと、堀田さんは思った。

――が、部屋はマンションの五階である。そんな場所に人がいよう筈は無い。

だが再びノックが繰り返される。

気のせいであってくれとカーテンを引く。だが期待虚しくそこには間違い無く人がいた。

「開けてくれませんか？」

薄手のワンピースを着た女性である。

堀田さんは見なかった事にしてカーテンを閉じた。

その晩、堀田さんはまんじりともしない夜を過ごした。

結局、ベランダには誰の姿も無かったらしいが、堀田さんがようやくカーテンを開ける決意をしたのは、翌年の春だったそうである。

近眼のわけ

乙日

空から何かが降って来た。すぐ目の前に。

ネズミの死体だった。頭上でカーと鳴く声がした。

カラスが、食べかけのネズミを内田さんの足先十センチ前に落としたのだった。

こんな経験をよくするのだという。

内田さんは目が悪い。眼鏡をかけても目が悪い。だから危険物の察知力が鈍い。

目が悪くなった理由を覚えているという。

五歳のときだった。千葉の親戚の家に泊まりに行った。内田さんの部屋は和室で、廊下とは障子で仕切られていた。

障子を初めて見た。格子状の木枠がゲーム盤みたいだった。障子紙を指で突つこうとして母親に叱られた。それでも親の目を盗んで障子紙をつんつんした。

夜になった。母親はお風呂。部屋には自分ひとり。思う存分つんつんできる。障子の前に陣取った。そのときだった。

目。障子一面に目が現れた。無数の目。それが一斉に内田さんを見た。

子どもは叫ぶ前に行動した。

内田さんは、二本指で障子に目突きをした。次の瞬間、すべての目が消えた。目を突き刺した二本の指は、生あたたかくじっとりと濡れ、障子の穴二つも濡れていたという。

目が急に悪くなったのはそれからである。

内田さんは後悔していないと厚い眼鏡を震わせて笑う。

◆文体に一種独特の魅力があり、何度も読みなおしてしまいました（難読という意味ではありませんので、念のため）。この筆運びで描かれる怪談をもっと読みたい、そんな欲求に駆られる一作です。

本棚

沫

祖父が亡くなった。

部屋を片付けようと祖父の部屋の本棚から書籍を引っ張り出し、床へと積んで行く。

するとその本の量は、相当なものとなった。

後日、祖父の部屋のものは全て物置へと移動になった。

今度は本棚に本を戻す事になるのだが、何故か本は五分の一も入る事無く、大量に余ってしまったらしい。

ほしいち

天堂朱雀

Mさんが勤めていたクリニックは、必ず規定時間ぴったりに閉院する職場であった。

受付や待合室に患者さんが残っていても、「時間ですから」と背を押し、無理やりにでも締め出す。もちろん評判はすこぶる悪く、レビューは星1が並んだ。

何度か上司や院長に改善を提案したものの門前払いにされ、Mさんは納得しない日々を過ごしていた。

そんなある日、終業一分前のこと。

院長は学会で早退、上司は戸締まりに勤《いそ》しみ、Mさんが一人受付に立って片付けを進めていた時だった。〝数分くらい遅れても大丈夫だろう〟と、ちんたら後片付けをしていると、ふと視界の端に薄汚れた裸足の何かが立っているのが目に入った。

鍵は上司が閉めたはず――。

ぶわりと嫌な汗が噴き出し、怖くて動けない。

すると、上司の荒々しい足音が瞬く間に近づき、辺り一面が真っ暗となった。

上司が消灯させたことに気づいたのは、強く手を引いてもらい、裏口から外へ脱出できてからであった。

半年後、Mさんは退職し、時折クリニックのレビューを見返すが、今もまだ星1のままである。

知らせの悩み

千稀

今年で結婚五年目になる大城さんには、悩みがあった。

近頃、妻の実家で猫の死骸が何体も見つかるのだ。

嫌がらせやイタズラとも考え、防犯カメラなどで確認してみるが、不審な様子は見当たらない。

それを飲みの場で先輩の比嘉さんに相談すると「最近葬式とかなかったか？　猫は死を感じる場所に集まると言われているんだ。でも時間が経てば自然と来なくなるよ」と教えてくれた。

確かに一か月ほど前、妻の祖母が義実家で亡くなっており、葬式を終えたばかりである。

先輩の言うように、時間が経って死を感じることがなくなれば猫が集まることはなくなるのだろう――と思うのだが、死骸は未だに見つかるし、あまりにも多すぎる。

本当に時が過ぎるのをただ待つだけで良いのだろうか。

両親のことが心配で、大城さんは未だ悩み続けている。

冷たい影

高崎十八番

築五十六年のマンションの一室で、Nさんが防護服を着て特殊清掃をしていたときのことである。間取りはワンルームと狭く、住んでいた故人は高齢女性一人であったそうだ。夫に先立たれたのか、高齢の男が写る遺影が、文机の上に飾られてある。

基本的に特殊清掃員には、詳しい故人の死因や家族構成などは、依頼主から聞かされることは殆どないらしい。しかし、故人の部屋を清掃していると、生前どういった生活をしていたのかが、おおよそ検討がつくともいう。

作業開始から二時間後。Nさんは、床に染み付いた人間の脂を、薬品と皮スキを使って削ぎ落としていた。「恐らく、この場所で死んだのだろう」、そうNさんは推察した。すると、脂が染みた床からスルスルと黒い影が伸びていくのが見えた。その影は、徐々に人間の形へと変貌を遂げると、天井へ昇っていき――。

突然、ストンッと落下したのだ。続けて、左右に激しく揺れ始めたのである。

その光景を目の辺りにしたNさんは、ゴミ袋の中に捨ててあった高齢男性の遺影を、文机の上へと戻した。すると、影は消えていったという。

後日。故人の死因が、首吊り自殺であったことをNさんは知ったそうだ。

◆自ら命を絶ってなお伴侶を慮《おもんぱか》る――一見すると美談のようでもありますが、不穏な影を目撃したNさんにとっては災難としか言いようがありません。細部に特殊清掃の工程が描写されていることも、物語に滋味を加えていますね。

古いしきたり

千稀

「作法だとか、こうしなさいって言い伝えられているものにはやっぱり意味があるんだって思った話です」

ある地域では、葬儀のとき「骨壺を黒傘で隠しなさい」というしきたりがある。理由として死は穢れと考えられており、神様へ死を見せてはいけないからだと言われている。

「私は小学生でした。その日は祖父の葬式で、祖母が墓に向かうまで骨壺を抱えていたんです」

しきたり通りに黒傘を差していた祖母と、家の前で車を待っているときであった。

庭の奥にある木から、ひょこっと細長い女性が姿を現し、ススッとこちらへ近づいてくる。

祖母の真横まで来た女性は、真っ白な顔で嬉しそうに笑いながら腰を九の字に曲げ、祖母に声をかけた。

——おねがいよぉみせてよぉみせてよぉ

祖母は全く反応することなく「車おそいねぇ」とぼやいている。

「無視されているんで、その人、私に話しかけてくるんじゃないかって、ヒヤヒヤしていました」

しばらく呟いていた女性はいきなり、

——ひゅああ

と叫び、サーッと木の裏へ戻っていった。

何年か後、このしきたりのことを知ったという。

「もしあれが神様だというなら、とても嫌でたまりませんね」

◆慣わしの真相に遭遇する——俗に因習ものとカテゴライズされる分野ですが、本作は作法の不気味さ、ならびに神の異貌をありありと描いている点で抜きん出ていました。はたして本当に祖母は気づいていなかったのでしょうか。

繰り返される喧噪

おがぴー

坂口さんが借りた部屋は瑕疵《かし》物件だった。

同じアパートで自殺者が出たからという理由だったが、坂口さんは家賃の安さに惹かれて自分の部屋でないならと契約した。

「自分の上の階から子供の走る音や、小さな子供の遊ぶ声とか、玩具の車の車輪を転がす音が聞こえてくるんですよね」

小さな子供は元気だし、楽しいんだろうなって思える。でも、

「いつも夜中で、俺が引っ越してから三家族連続なんですよ……」

それもたった一年間の出来事だという。


「あのう、言いにくいんですけど……」

上の階の住人が入れ替わって、大体一週間くらいでそこからクレームが入る。それは夜中に小さな子供を騒がせるなという内容だ。

「俺、一人暮らしですよ」

青ざめて帰って行く上の階の住人は、それから一週間ほどで大喧嘩を始める。そして三件とも父親が子供を連れて部屋を出て行った。それから数日すると、

「あんたのせいよ！」

こう言って残った奥さんが怒鳴り込んでくる。それはもの凄い剣幕で。

いつか殺される——。

そう感じた坂口さんは、四家族目が喧嘩を始めた時に引っ越しを決めた。

地域性

のっぺらぼう

二十代のNさんという女性との会話。

「友達に、家族全員お化けが視えちゃうって子がいました。なんか、家にいると黒い人影が天井から落ちて来るそうです。あ、飼ってる犬もそれが視えるそうです。それから、高校の部活の後輩に七人姉弟の子がいて、七人全員が視えるそうです。他にも同級生のお姉さんで、一時期不登校になっちゃうくらい凄い視えちゃう人もいました」

そう淡々と話すNさんだったが、何故これほど霊感のある人間が周囲に集まっているのか私は疑問に思い、その事を本人に問うてみた。

「ああ、言い忘れてました。出身地が青森県なんです。恐山《おそれざん》って知ってます？　地元がすぐ近くなんですよ。……なんですかね、こういうのも地域性って言うんですかね？」

話し終えたNさんに私は妙に納得してしまった。

助言

あんのくるみ

茜さんが十歳の時、母親が病気で他界した。翌年の誕生日に、父から一本のカセットテープが手渡された。

【茜ちゃん、十一歳のお誕生日おめでとう。もう5年生ね】

母の肉声だった。

【しっかりお勉強しなきゃダメよ】

そしてリボンの結び方から月経の準備まで、本当は直接伝えたかったであろうメッセージが収められていた。

やがて茜さんは二十九歳になった。その日、カセットデッキの前には婚約者の姿もあった。ぜひ聴きたいと彼が言ったのだ。肩を寄せて座り、再生ボタンを押す。

【茜ちゃん、十一のお誕生日おめでとう】

懐かしい声が部屋に響く。

【もう五年生ね】

彼は涙を浮かべて合掌していた。素敵な人を選んでよかったと思った。すると、

【しっかりお勉……しな……ダメよ】

ノイズが走り、テープは同じところを繰り返した。

【しな……だめ……しな……だめ、だめだめだめだめだめ】

そしてはっきりと、

【そいつはだめ】

と聞こえた。

翌月、二人は入籍した。しかし直後に彼の浮気が発覚。結婚前から複数人と関係があり、中には未成年もいた。別れを切り出すと逆上し、茜さんに暴力を振るった。

あの日、テープは鈍い音を立てて切れてしまった。

もう母の助言を聞くことはできない。

ラッシュ

御家時

大学進学を機に一人暮らしを始めることになったマキさんは、なるべく家賃の安いアパートを探していた。

するとサークルの先輩から「安いけど出るよ」と噂の物件を紹介された。

その手の話をまったく信じていないマキさんは、それでお金が浮くなら、むしろ好都合とそのアパートを契約した。

多少の不安はありつつ住み始めるたが、いわゆる幽霊は一切見えないし、怪現象の類もない。

ただ、ひとつだけ不思議だったのは、いつも部屋の中が蒸し暑いことだった。

とは言え、西向きの部屋なので、午後から差し込む西日の熱が部屋に籠るからだろうと考えていた。

夏場は堪えたが、逆に冬場は暖房費が浮くとプラスに考えていた。

四年後、大学卒業から就職を機に上京して、マキさんはその時、はじめて自分が幽霊物件に住んでいたことが分かった。

人生初の朝の通勤ラッシュに遭遇し、みっちりと人が詰まった電車内に身体を押し込まれた際、「ああ、あの蒸し暑さはこれか」と気が付いた。

◆新しい時代の怪談は、いつだって常識を打ち破ってくれます。常人が想像する「部屋に顕現する幽霊」はたいてい一人ですが、まさか満員とは思いませんでした。どこか皮肉で、されどしっかりラストが恐ろしい名作です。

帰って来た誰か

沫

亜希さんは、三歳上の姉と二人暮らしをしている。

ある晩の事だ。玄関を開けて入って来るなりやけに話し声がうるさい事があった。

部屋のドアを閉めていても分かる。おそらくは友人を連れて来たのだろう、三人程の声が聞こえた。

三人はすぐに姉の部屋へと閉じ籠もり、夜通し談笑を続けていた。

朝、ろくに眠れなかった亜希さんは、「まだしゃべってるのね」と呆れながら部屋を出る。

そして玄関先で、朝帰りの姉とばったり出会った。

「ねえちゃん、今帰って来たの？」

聞けば当たり前のような表情で頷く姉。そこで亜希さんは、小声で「部屋に誰かいる」と伝えると、姉は迷う素振りも見せず勢い良くドアを開けた。

カーテンの光越しに、三人の人影が見えた。

「出て行って」

姉が怖い口調でそう言うと、三人はどろりと崩れ落ちるかのようにいなくなってしまった。

以来亜希さんは、姉が怖い。

◆大勢がいると思いきや部屋には独りで——洋の東西を問わず語られてきた怪談の一形態ですが、当事者たるお姉さんがすべてを知っていたという展開は斬新で驚きました。端正な文にこめられた恐怖、堪能させていただきました。

断末魔

筆者

飯田さんは友人の田口と一緒に登山へと出掛けた。

さてその晩、山中にテントを張り、焚き火をしながら晩餐を迎えた。

そこに突然、女性のものだろう絶叫が響き渡った。

「どうする？」

「探しに行こう」

二人は尚も続く悲鳴の方向を頼りに、夜の森の中へと踏み込む。

何度目かの絶叫の後、田口は「おおい、どこだ⁉」と叫び返した。

同時に止む悲鳴。二人はその場で立ち止まり、耳をそばだてる。

静寂があった。続いて〝何者か〟が動き出す粗野で荒っぽい、草木を掻き分ける音。

ガサガサガサガサ――。

「電気を消せ」と、今度は自分達の危険を感じた飯田さんは、居場所を知られない為にそう提案した。

二人は茂みの中に姿を隠す。

何者かは二人が隠れるすぐそばを通り抜け、今尚燃え盛る焚き火を目指して進んで行く。

同時に、そいつは吠えた。

「きぃやあああああ――――っ！！！」

先程聞いた、女性の断末魔だった。

二人はその場で、身動き一つ取れないまま長い夜を過ごした。

翌朝、白々と陽が昇り出すのを見届け、テントの方へと向かった。

テントは荒らされた形跡こそ無いが、例の何者かが中にいると言うのは気配で分かった。

二人は装備や荷物を諦め、下山したと言う。

元彼の夢

おがぴー

朝子さんの結婚式の日に、元彼は自殺した。

「ショックでした……」

元彼とは別れた後も良い友人関係だった。

「私が婚約した頃は、悩みを聞いてあげていたの」

変な夢を見ると言う元彼の話を、朝子さんは親身になって聞いた。

「自営業の父親が夢の中では会社員だったり、一人っ子のはずなのに弟と一緒に遊んでいたり、記憶にない高校に通っていたり……」

元彼はお世辞にも話が上手いとは言えない。なのにそれら夢の話は、不思議な現実味を伴っていた。特に事件や事故に纏わる話は手に汗を握るほどだった。

その後『夢の中で成人を迎える頃』に元彼からの連絡は途絶え、そして朝子さんの晴れの日に元彼は自ら命脈を絶った。


月日が流れて、朝子さんは二人の男の子に恵まれた。

そして育児に励む中で、ある事に気がついた。

「長男が経験する事件や事故に既視感があるの」

それは元彼の夢とほぼ同一だった。


年月が経って、長男の成人式の日。

長男が事故にあうと朝子さんは強く確信していたが、直接注意を促す事は出来なかった。

それは離婚時の約束のため。

「元彼が教えてくれたのよぉ」

狂気を帯びた言動が繰り返し長男に向かったため、朝子さんの夫は離婚を決意したのだと話してくれた。

誰

さっれゆいおーん

中学生の頃、私は熱を出して学校を休みました。テストも近かったし休みたくなかったけれど、皆に伝染すのも悪いと思って大人しく家で寝ていました。まだスマホを持っていなかったので、友達に連絡したりすることも出来ず、寂しい一日を過ごしました。

翌日には熱が下がったので登校し、友達と雑談していると、おそらく昨日あった出来事について話し始めたので「そんなことがあったんだ〜」という風に聞いていました。すると、友達の一人が「なんでそんな反応なの？　一緒にいたじゃん」と不思議そうに尋ねてきました。「昨日は熱で休んでたよ」と言うと、そうだったっけ？　と首を傾げるのです。

他の子にも聞いてみましたが皆記憶が曖昧で、私がいたかいなかったか、断言できる子はいませんでした。今まで皆勤賞を取ってきた私にとって、学校を休むということはとびきりのイレギュラーです。なので私が休んだことは確かだと言えるはずなのです。

一体誰の記憶が正しいのでしょうか。

暗闇バスケ

碧絃

高校生の雅史さんが、同じバスケ部の友人たちと、夜の体育館に忍び込んだ時のこと。

モリくんが倉庫から、バスケットボールを持ってきた。そして暗い中、ゴールに向かってボールを思い切り投げる。

「田辺って俺らと同じ一年のくせに練習試合に入れてもらってさぁ、ムカつかない？」

モリくんが言うと他の友人も、田辺くんの悪口を言いながら、ボールを投げ始めた。

「調子に乗ってるよな。本当にムカつく」

悪口は続き、投げたボールが、ガアン！　と大きな音を立ててボードに当たる。悪口を言いたくなかった雅史さんは、その様子を体育館の隅に座って見ていた。

翌日。モリくんたちは学校に来なかった。全身に紫色の大きなアザが出来て、痛くて動けないのだという。喉も腫れて声が出ないと聞いた。結局、彼らは一ヶ月も部活を休むことになってしまった。

その間に、悪口を言われていた田辺くんは、一年生でありながらスタメンに選ばれ、試合では大活躍をしたそうだ。

ずっと不思議に思っていることがある、と雅史さんは言う。

「見ていた時に、隣で誰かが舌打ちをしたんだけど……よく考えたら人数が一人、多いんだよね」

◆人を呪わば穴二つ。他者への悪口雑言は己が身に返ってくるという因果を、平易に描いている点が興味深いですね。でも待てよ、もしや田辺くんもバスケ部のモリくんたちを忌み嫌い、ひそかに呪いをかけていたのでは……。

迷子

薊　桜蓮

ゆみサンは視える人。筆者とは数年前まで首都圏のとある病院で働く仕事仲間だった。

筆者は先日、久しぶりにゆみサンと横浜でお茶をした。

「Oさん、透析患者の淳司さん覚えてる？」

「覚えてるー。手がかかるけど、歯抜けの笑顔が可愛くて、憎めないじいさんだった」

「それです。認知症で手がかかるから息子に見放されてて『今日家に帰るよ』って毎日言ってたけど退院許可が出ても家に帰れなくて。施設が見つかる前に亡くなったんです、Oさんが辞めたあと直ぐ。最後まで頑張ってたんだけど。で淳ちゃん私の夢に出たんすよ」

「え！　淳ちゃん……。詳しく聞かせてよ」

「亡くなって一ヶ月半経った頃、私の夢に出てきやがって、車椅子じゃなくて歩けてて普通の服でした。すっごい笑いながら『ねえごめん、申し訳ないけどさ～、おれんちどこか分かる？』って聞いて来たから、淳ちゃんごめん流石に人んちまで知らないよ。って答えたら、淳ちゃん笑いながら『そうだよな～、ごめん、聞いて悪かったよ～』って言って中間層へ向かって歩いて消えました。道標なくて帰れなかったんだな～って思いました」

「夢じゃなくね、めっちゃ淳ちゃんじゃん」

教える箱

骸鳥賊

浅利さんは高校の夏休み、近所の不動産屋で変なバイトをやっていたそうだ。

仕事は不定期で、店に呼ばれて行ける日だけ。稼働は夕方の五時からと朝七時からの、それぞれ一時間ほど。社長が運転する軽トラに乗り、管理物件だという建物を回る。そこに、夕方にはその物件内の部屋の数だけ用意された、手のひらに載るくらいの木の箱を各部屋に置いていき、朝になったらそれを回収するというのが仕事だった。社長によれば中に湿度を計測する道具が入ってるそうで、確かに箱を手の中で振ってみるとカラカラという軽い音がした。行き先は毎日違って、マンションの一室が多かったが、一戸建てや雑居ビルのテナントもあった。

その時は、古い団地のようなマンションだった。朝、前日自分が設置した箱を回収しに入る。浴室に置いた箱を手に取って、浅利さんは違和感を覚えた。

重さが変わっている。あきらかにみっしりと重くなっていた。カラカラという音もしなくなっている。不思議に思いながらも回収して戻り、社長にその旨を伝えた。

するとと社長は険しい顔でボソッと、

「そっかここで死んだのか」

と呟いた。その日はそれで帰され、それきり呼ばれることはなかったという。

◆ネット上では「瑕疵物件の告知を回避する方法」が、まことしやかに噂されています。けれども、まさかこのような方法で〈測定〉できるとは。試してみたいような、絶対に試したくないような――夏の郷愁もあいまって、不思議な感覚になる秀作です。

ぽちょん

天堂朱雀

Yさんの職場に半年ほど前、インドネシアからの技能実習生が五人、入社してきた。

不慣れな暮らしにホームシックを起こした者もおり、上司陣が協力して近くの居酒屋で小さな歓迎会を開いた。最初はモジモジしていた実習生達も、酒の力で次第に笑顔を見せ始めた。

そんな中、一人、隅に座って机上で何か弄《いじ》っている男性実習生がいた。

気になったMさんはそっと輪を抜け出し、「何してるの?」と彼に近づいた。

彼はチラリとMさんを一瞥するものの、構わず作業を続ける。

ストローにティッシュを巻き付け、輪ゴムで両端を縛り付けたものを「ぽちょん、ぽちょん」と言いながら愛おしそうに撫でる姿。

Mさんはそういう玩具なのだと理解し、一緒に「ぽちょん、ぽちょん」と呟き、撫でてみせた。すると、彼は来日して初めて恍惚したような笑みを見せた。

それから一週間後。

彼の母親が危篤状態となり、挨拶もほどほどに緊急帰国した後、彼はそのまま戻ってこなかった。

少し喪失感に襲われたMさんは、スマホに「ぽちょん」と入れて検索してみた。

出てきたのは、〝インドネシアで言い伝えられている、成仏出来ていない死者の魂のことを「ポチョン」と呼ぶ〟という結果だった。

証明

藤野夏楓

証明写真を撮影してみたら左右の顔の印象が違うということはよくある。人間の顔は一見、左右対称に見えるが右脳と左脳の関係により顔の左側には「本音」、右側には「よそゆき」の表情が出るという。

持田さんは高校生の時に一度だけプリクラ感覚で彼氏とボックスの中に入り、撮影したことがあるのだが、出てきた写真は左右ともネガフィルムを焼いたように赤い泡と捻れに満たされて顔が判別不能だったのだという。

その後、彼とは大学進学と共に別れたのだが、数年ぶりに地元ですれ違った時は誰か分からないほど顔が焼け爛《ただ》れていたのだという。彼は日サロで火傷したと言っていたが共通の友人から聞いた話では周りがどれだけ止めても漂白剤をかぶるのだという。

彼は現在、強迫性障害と診断され、自傷行為があるため入退院を繰り返している。

持田さんが唯一、気になっていることは彼が入院するたびに「証明した」から「足りない」とメッセージを送信してくることだ。

皆さま、地獄に

佐々木ざぼ

年末の忙しさが一段落し、事務室には阿部さん一人だけが残っていた。

机にたまった資料を整理していると、書類の束から一枚の写真がすべり落ちてきた。

「あれ」

写真を拾い上げると、東南アジアかどこかの仏閣を背景に、四人の男性がぎこちない表情で映っていた。その脇に、ツアーガイドらしき中年女性が満面の笑みをこちらに向けている。

四人には何となく見覚えがあった。社内行事の写真のように見えるが、その光景に阿部さんは妙な違和感を抱いたという。

何気なく裏返すと、手書きの名前が四つ並んでいた。それを見て気が付いた。

四人ともうちの社員で、皆すでに亡くなっている。

保険の資格喪失や社内報の掲載などは阿部さんが担当したから、間違いないはずだ。

だが、やはりこの写真はおかしい。亡くなった時期はバラバラだし、海外派遣で勤務中に死亡した者もいる。一堂に会して写真に納まることは、まずありえない。

その異様さに、戸惑いながら写真を眺めていると、

「皆さま」

不意に、誰も居ないはずの事務室に女性の声が響いた。顔を上げると、写真で見たツアーガイドが目の前に立ち、阿部さんを覗き込みながら、こう言った。

「地獄に、おられます」

マイルール

薊　桜蓮

介護福祉士のMさんが、特養で夜勤専従のバイトをしていた時の出来事だ。

ある日出勤すると、リーダーから「〇〇号室の清水さんが他界された。まだ部屋にいるから挨拶しておいで」と言われた。

Mさんは、利用者さんとは夜中にしか接点がない。しかも、清水さんは、入所して数ヶ月しか経たない寝たきりのおじいさんだ。

「嫌だなぁ、悲しくもなんともないしな……」と心の中で言いつつ〇〇号室を訪れた。

何故か、顔に白い布がかかっていない。

顔が剥き出しの清水さんは、閉眼しているが、しきりに閉じたままの唇を鼻に寄せたり、逆に鼻の下を伸ばして唇を下顎に寄せる仕草を繰返している。清水さんが動けず叫ぶのを我慢してその場に立ちすくんでいると、とうとう眼を開いた！

「まだここにいてはりますやん、勘弁して～」

Mさんはこれを機に、【最後のご挨拶の訪室はしない】マイルールを定めた。

スマホに念写

鬼志 仁

居酒屋で知り合ったOLのSさんから聞いた話。

Sさんの同僚（仮にA君とする）は、なんとスマホに念写が出来るという。

念写とは心の中で念じることによって、フィルムや印画紙に映像を出現させる心霊現象のことだ。

最初はA君のスマホでやっていた。

A君が念じた後、スマホの『ギャラリー』を開くと、さっきまでなかったスカイツリーや東京駅のぼんやりとした画像が現れるというのだ。

「私、A君にね、『こんなのアプリを使えば、簡単に出来るんじゃないの』と言ったら、A君は、『じゃあ、君のスマホでやってやるよ』と言うのよ」とSさん。

A君はSさんのスマホを借りて、一分ほどスマホを両手で持ってじっと何かを念じた。

「たぶん、うまく行ったと思う」と言うA君の額には汗が流れていたという。

Sさんがギャラリーを開いて見ると、画面にはどこかの部屋が、ぼんやりと映し出された。

ベッド、テーブル、テレビ、本棚、ぬいぐるみ……女性の部屋らしかった。

「よく見ると、私の部屋なの。なんだか気持ち悪くて」とSさん。

それからはSさんはA君に近づかないようになったと言う。

◆印画紙がすっかりアナクロになった昨今、念写をネタにした怪談が再登場するとは思いませんでした。一読、なるほどいかにも現代的な面白さがあります。着眼点のユニークさ、ぜひとも今後も大切にしてください。

居残り　沫

日野さんが小学生だった頃の事だ。

放課後、友人のS君と教室に居残っていると、担任の先生が来て「何やってんだ」と怒られた。

「帰って良いと言うまでそこにいなさい」

何故怒られたのかは分からないが、仕方無く二人は自分の席へと着いて先生が来るのを待った。やがて陽が沈み、教室の中も真っ暗になる。

先生は来てくれないし、何故かS君はずっと声を上げて笑っている。

ようやく来てくれた先生は、「なんでそこにいたんだ?」と不思議がるし、S君の姿も消えていた。

見つけた面

田沼白雪

私の同期には、梨緒という事務員の女性がいた。

ある夏休み、梨緒に誘われ、彼女の故郷に一緒に遊びに行った。

彼女はかなり裕福な農家の出身らしく、実家はかなり大きかった。

そこで、骨董品が好きな私に蔵の中を案内してくれた梨緒。

私はそこで、古く埃《ほこり》を被った桐の箱を発見した。

赤い組紐で厳重に封印されているそれは、梨緒ですら見た事がなかったそうだ。

「何が入ってるんだろう」

私が止める間もなく箱を開けてしまった梨緒。

中に入っていたのは、とても美しい白い狐の面だった。

と、まるで導かれる様にそれを手に取るや、顔に被ってしまった梨緒。

そうしてそのまま、彼女は凄い勢いで蔵を飛び出すと、隣にあった神社の神楽殿で踊り始めた。

「コレヨリノチハマイヒメトシテカミニツカエネバ」

そう繰り返しながら舞い踊った梨緒。

私は彼女に駆け寄ると、白狐の面を彼女から思い切り引き剥がした。

それから、数週間後の夏休み明け。

梨緒が会社に退職届を出して来た。

「私、事務員を辞めてアイドルになります！」

そう告げた彼女の顔は、どこか虚ろで、目がほんの少しだけ——狐の様に吊り上がっていた気がした。

ロケット花火

緒方さそり

高校二年生の夏休み、戸田君は級友のグループと、夜中にひと気の無い公園で花火で遊んでいた。

その最中、戸田君は、園内の片隅に点《とも》る外灯の下に、佇む人影を見つけた。

顔は妙に陰って判然としないが、体格から男性だと分かった。

気温が二十五度を超えた熱帯夜。

戸田君や級友達は皆、揃ってTシャツにハーフパンツという夏着だ。対して外灯の下の男性は、ブルゾンに防寒ズボンという、季節外れの冬着である。しかも薄汚れている。

ホームレスだな、と侮蔑した戸田君は、からかってやる事にした。

持参した花火の中には、ロケット花火があった。戸田君はそれを着火し、男性に向けて発射した。

男性の近くに落下させて、少し脅かすだけのつもりで、当てる気など微塵も無かった。

だが、夜闇に火花を散らし、一直線に飛んだロケット花火は、男性の胸元に直撃した。

その瞬間、男性の全身が一気に燃え上がり、火達磨と化した。

「お、おい！　ヤベェぞ！」

戦慄した戸田君達は、なんとか火を消して助けなければと、急いで男性に駆け寄った。

その彼らの目の前で、火達磨で倒れた男性は忽然と消滅した。

件の公園では昔、冬場にホームレスが灯油を被って、焼身自殺する事件が有ったという。

赤い壁紙の客室

おがぴー

純平さんが新人の頃に、先輩と二人で地方出張に行った時の話だ。

事前に宿を取っていなかった二人は、最後の営業先を出てから必死に宿を探したが全て不発。先輩の機転で取れた宿はラブホテルであった。

「うわっ、目が痛ぇ」

部屋に入って開口一番に先輩が毒づいた。壁紙が全部赤いのだ。

「こんなんで興奮するんですかね」と呆気にとられている純平さんに「するかもよ。牛みたいにさ。さてと、先にシャワー浴びるぞ〜」と冗談を交えながら先輩は浴室に行った。

（うー、なんでだ？）

純平さんは先輩がシャワーを浴びに入った時に、チラリと見えた浴槽が怖かった。見た目はただの金属製のバスなのに。

気を紛らわそうとテレビを点けてみても、つい風呂場を見てしまう。

（なんでだよぉ？）

顔を向けても見たくもない先輩のシャワー姿が見えるだけなのだが、浴槽から目を逸らすと刃物を持った血だらけの女の姿が頭に浮かんでくる。純平さんはそれが怖くて浴槽から目が離せなかった。

「もうだめ！　女！　女女女！」

五分もしないで先輩が風呂場から飛び出てきた。

シャワーで目を瞑ると、浴槽から刃物を持った血だらけの女が襲って来る映像が浮かぶのだと先輩が言った。

心当たり

碧紘

レミさんの彼氏は、峠道で同じバイクにあおられて、三回も事故を起こしている。

警察には、黒いバイクにあおられたことを伝えたが、ドライブレコーダーにバイクが映っていないので、あおられていた証拠がないと言われてしまったようだ。

「それに、文句を言おうとして車から降りると、いつもバイクはいなくなってるんだよね。逃げるくらいなら、あおってこなければいいのに」

彼氏は大きなため息をついた。

「ドライブレコーダーに映っていないのは不思議だけど、何度も同じ人があおってくるってことは、恨まれるようなことをしたんじゃないの？」

レミさんが言うと彼氏は「別にそんな……」と言いかけて、眉間に皺を寄せた。

「実は……。峠道で最初に事故を起こした時、お地蔵さんを倒して、そのまま逃げちゃったんだよね。あれかなぁ……」

黒いバイクにあおられるようになったのは、その後からなのだという。

卵

あんのくるみ

舞さんは小学生の頃、父親が休日に作る朝食が大好きだった。バターで炒めた玉ねぎがたっぷり入ったオムレツ。その日曜日もバターの香りで目覚めた彼女は、パジャマのままキッチンへ直行した。父親が冷蔵庫から卵を出したところだった。

「舞もお手伝いする！」

「じゃあパンを焼いてもらおうかな」

父親はそう言うと、ボウルに卵を割り入れた。

「あっ」

二人は同時に声を上げた。卵に真っ赤なシミがあった。黄身の表面いっぱいに広がっていて先が五つに分かれている。思わず、

「赤ちゃんの手みたい…」

とつぶやいた。顔を上げると父が目を剥いて固まっていた。しかしすぐに、

「たまにあるさ」

と笑い、菜箸で一気に卵をかき混ぜた。その瞬間、

「ひぃっ！」

父は悲鳴を上げて、ボウルをシンクに放り投げた。

「お前、今の聞こえなかったか？」

「何が？」

「赤ん坊の声だよ！」

見たことがない剣幕だった。舞さんが首を横に振ると、

「今のは忘れてくれ」

と言って、飛び散った卵を片付け始めた。

それからすぐに両親が離婚した。原因は父親の不倫だった。不倫相手が半狂乱で自宅に押しかけてきて発覚した。女が半狂乱になった理由は誰も教えてくれなかったが、舞さんは何となくわかってしまった。

リビングで

筆者

佐知さんは、おそらく真夜中だろう時刻に目が覚めた。

突然に、寝室の照明が点いたからだ。

見ればベッドの上に立ち、照明の紐を引いている夫の姿があった。

「どうしたの？」

聞くが夫は何も答えない。

夫は黙ってベッドを降り、寝室のドアへと向かう。

トイレだろうか？　いや、いつもの夫ならば電気は点けずに行く筈なのに。

「ねぇあなた、どうしたの？」

重ねて聞くが、やはり答えは無い。夫はドアを開け、暗い廊下に一歩踏み出す。

「うわああああああ!!」

突然、夫は大声で泣き始める。両手で頭を押さえしゃがみ込む。

これはただ事ではない。察した佐知さんは「ねぇ、どうしたの!?」と叫び、ベッドを飛び降りた。

同時に夫は泣き止んだ。それどころか、何故かそこに夫の姿は無い。今の今までしゃがみ込んでいた場所には誰もいなかったのだ。

左右に暗い廊下が続く。見れば向こうにリビングからの明かりがほんのりと漏れ出ているのが見えた。

まさか一瞬でリビングに移動したのだろうか？　怪訝に思いつつそのドアを開けると、確かにそこの床の上に夫はいた。

解剖の結果、死因は心臓発作だと言う。

発見当時、死後三時間は経っていたらしい。

チャイナの下で

イソノ　ナツカ

九州屈指の心霊スポットといわれる犬鳴峠《いぬなきとうげ》。

「あんなところが地元なんて気持ち悪い」

故郷に対して心無い言葉を言われる時間が一番苦しく怖かったかもしれない。

そこで一度だけ奇妙な出来事に遭遇したことがある。


犬鳴峠は生活道だ。街中に出るためにはあの峠を越えるのが早い。

私は小さな青い軽自動車で走行する。

トンネルを越えて下り道になった時、三人の男がいた。

コンクリート造りで開けた、車停めスペースのような場所。

そこで三人組のメタルバンドが演奏をしていたのだ。

私は車の中から窓越しに見るだけなので音も何も聞こえない。

しかしドラムセットに高く掲げたチャイナシンバルがあり、どう見てもメタルバンドだった。


路上ライブ？　あんなところで？

ＭＶ撮影？　あんなところで？

自然と私は自分に投げかけているのに気づいた。

……あんなところ、と。

どうしても気になり数十分後に来た道を戻ったがもう何もいない。

そういえば、撮影しているような人もいなかったし楽器を運んできたような車も周辺には無かった。

言葉を変えて何度もネットを検索したが、欠片も引っかからず分からないままである。

あんなところにいたメタルバンドを私はまだ探している。

ヤバい

佐々木ざぼ

飲み会で怖い話を披露する流れになり、「自分の体験談」と前置きして北嶋さんは話し始めた。

「電灯を消して寝たはずなのに、明かりが眩しくて夜中に目覚めるんです。長時間録画アプリで自分の寝ているところを撮影したんですが……」

スマホには、電灯が激しく点いたり消えたりする中、ベッドで眠り続ける北嶋さんが映っていた。それから、パチンパチンという小さな音が鳴っている。

「誰か、壁際のスイッチをオンオフしてるんですよ」

彼は、アパートに一人で暮らしている。

「これヤバくね？」と皆が言う中、終電を逃した先輩が「怪現象の正体突き止めてやるよ」と言い出した。

だが、彼らは部屋に着いて間もなく、深い眠りに落ちてしまったという。

午前三時頃だと思う。点滅する電灯に気付き、北嶋さんは目を覚ました。

見ると先輩が壁際に立ち、口から泡を吹いてスイッチのオンオフを繰り返していた。

「ヤバいぞここ、マジでヤバい。全部分かった、この部屋で自殺した女の仕業なんだよ」

北嶋さんが「スイッチ、やめてもらえますか」と困惑しながら言うと、パチンという音とともに辺りは真っ暗になった。

次の瞬間「本当、ヤバいよね」という女の囁き声が耳元で聞こえたという。

◆明滅する電灯、それに挑んだ先輩の末路、そして暗闇で囁く声——読者が油断したところを狙って奈落の底へ突き落とす三段構えの怪、個人的には大好物です。ぜひ今後も人に忌み嫌われる話を綴ってください。

元友達のHさん　泥人形

私が小学生から高校生のときの友達にHさんという子がいて、そいつがとんでもない奴でした。

Hさんは、自分の祖母を召使のようにこき使ってました。それだけならまだしも、ババア呼びで暴言を吐くわ蹴るわと散々でした。で、彼女の祖母が死にます。老衰でした。その一年後くらいだったかなぁ。夏休みの作文コンクールで、Hさんが賞を取ったんです。その内容を知って、私は血の気が引きました。『おばあちゃんありがとう』というタイトルで、ぞっとしました。作文によれば、Hさんはいつも足の悪い祖母の荷物を持ってあげたり、一緒に料理を手伝ったりしていたみたいです。逆だお前！　お前ばあちゃんにランドセル持たせてただろ！　そんで、お迎え遅れると暴言吐いて蹴ってただろ！

サイコパスとはまさにこのこと。ですが話はそこで終わりません。作文が受賞してすぐにHさんは車にひかれたんです。母親の運転する車に。彼女の母親曰く、ブレーキを踏んだのに止まらなかったらしいです。家に突っ込んで、リフォームすることになりました。これはHさんがあとで私にだけ話してくれた話ですが、あの日誰かに背中を押されたんだと。おばあちゃんもさすがに、あの作文は許せなかったんでしょうね。

◆たどたどしい口語が、怪談に妙な生々しさを孕ませている（良い意味で）不気味な手ざわりの作品です。祖母の怒りは本当に作文が契機だったのでしょうか。実はその前から怨念を溜めこんでいたのでは……。

白線の上を

沫

三好さんが外回りの営業をしていた時の事だ。

学校帰りの小学生達が、車道と歩道を分ける白線の上を、綱渡りのようにして歩いているのを見掛けた。

あぁ、俺もそんな遊びして家まで帰ったなぁと懐かしく思いながら眺めていると、四人いる内の最後の一人が、ぐらりとよろけて白線を踏み外したのだ。

それは僅か一瞬の出来事だった。

その少年は道路脇に倒れ込むでもなく、文字通り、踏み外した白線から落下して消えてしまった。

「ね、ねぇ、ちょっと！」と、背後から声を掛ける三好さん。

そうして振り返った少年達に、一番後ろにいた子が落ちて消えた事を告げると、少年達はまるで馬鹿でも見るかのような目付きで、「行こうぜ」と立ち去ってしまった。

どうやら最初から、四人目はいなかったらしい。

火遊びの報い

田沼白雪

私の同期に、横山という出張が好きな男性社員がいた。

彼は出張の度に、現地のキャバクラなどで女性に手を出し、東京に戻る時に音信不通になる、という良くない遊びを繰り返していたのである。

そんな彼とランチに出かけたある日、交差点で信号が変わるのを待っていると、横断歩道の反対側を指差し、横山が声を上げた。

彼曰く、

「昔捨てた女性が此方《こちら》を見ていた」

らしい。

と、隣の横山が、先程より大きな悲鳴をあげた。

「目、目の前にあの女が！」

どうやら、横山には目の前に迫った女性が見えていたらしい。

が、信号は依然赤のままで誰も横断歩道を渡ってなどいなかった。

すると、私の横で不意に意識を失った横山。

私は救急車を呼ぶと、彼を病院に運んで貰った。

そうして、付き添った先――病室で、彼は私にこう打ち明けた。

「俺、見えたんですす！　目の前で、女性の腹だけが、まるで果物が落ちるみたいにゴロッと落ちたんですよ！　で！　空洞になったままの腹を見せつけながら、俺にこう言ったんです！　お前のせいだ、って！」

そんな女性の姿は私は見ていないが、この日以来、横山はどこにいてもこの女性の姿を見る様になってしまったそうだ。

困った患者

碧絃

看護師の葵さんが働く病院には、困った入院患者がいた。

Kさんという四十代の男性患者は「俺の女になれ」と手当たり次第に女性看護師を口説く。断っても、顔を見るとまたしつこく言い寄って来るのだ。

病室の消灯時間は二十二時。夜勤の時は誰かに話しかけられることはない、と安心して深夜の見まわりをしていると——なぜかKさんが、病室の前に立っている。

「えっ、なんで」

暗い廊下で二人きりになるのは怖い。何をされるか分からないと思った葵さんは逃げ出した。廊下を走って階段がある方へ向かう。そして下りの階段に足を踏み出した瞬間。

ドン、と背中に衝撃を受けて、階段を転げ落ちた。

「うぅ、痛……」

なんとか起き上がると、階段の上に無表情のKさんが立っている。

——あれ……？

その時、不意に思い出した。Kさんがここにいるわけがないのだ。

Kさんは、一週間前に亡くなっている。

「Kさんは、いつもヘラヘラしながら体を触ってくる人で、あんなに冷たい表情を見たことはなかったんです。何だかショックで……」

二年以上経った今もKさんのことが忘れられず、彼氏とも別れてしまったのだという。

◆病院で死んだはずの人に遭う――親の顔より見慣れた怪談も、そこに人格の豹変が絡むと、また違った味わいを見せてくれます。最後の一文が不条理さに満ちているあたりも、読む側の胸をざわつかせてくれる秀作です。

ドッグランケーブル

司翠々稟

四十年ほど前に小学生だったIさんが体験したお話。

Iさんの家はタロという名の犬を飼っていた。人懐っこい性格で来客に飛びかかることもあったため、家の軒と庭の木の間に十五メートルほどのドッグランケーブルを渡していた。家の中からでも「シャーッ」というケーブルの上を金具が滑る音が聞こえ、その度「ああ今日もタロは元気だな」と感じていたそうだ。

そんなタロであったが、ある時から来客に吠えるようになった。今までと異なり明らかに敵意を持って唸っている。また威嚇する対象も決まって中高年の女性ばかりであった。対策を考えているうちに、タロは何故かどんどん衰弱していき十日ばかりで死んでしまった。

埋葬した後も「シャーッ」という音が聞こえることがあった。「まだタロは家を守ってくれてるんだね」と切ない面持ちで家族は話していて、Iさんも部屋の窓からドッグランケーブルを眺めてタロがいないか確認するのが日課になっていた。

ある深夜、音が鳴ったので飛び起きて窓を覗いてみた。そこにいたのはタロではなく、枯れ枝のような手でリードを掴み走り回る老婆だったそうだ。この現象はドッグランケーブル自体を取り外した後も続いたという。

◆愛犬の豹変、そして謎の死。死後に聞こえた音と、その正体。どれも怪しいのに、ひとつとして因果が判然としない。そこにこそ、本作の怖さのキモがあるのではと感じました。今後は庭を駆ける犬を見るたび、この話を思い出してしまいそうです。

ラムネ

藤野夏楓

雪が降った二日後のこと。Ｙさんが、スーパーに買い物に出かけた帰り道。

「ママ、くちぶえ、じょうずねぇ」

三歳になる息子の彰宏くんがニコニコしながらＹさんを見上げた。

口笛？　ああ、きっと唇に咥えているラムネのことだろう。穴の空いた部分にうまく空気を吹き込むとピィーと甲高い音が鳴る。


ピー、ピー。

ぴゅー、ひゅる。

「でんしゃの音だね」

「ことりのお歌だね」

にこにこしながら彰宏くんがＹさんを見上げている。


一際、大きな警笛の音が響き、Ｙさんは我に返った。ひゅおん、ひゅおんと音を立て、電車内の明かりが真っ暗な夜空に道を作る。カコン、カコンと棺桶を釘で打つような電車がレールの上を通過する音が遠退く。

涙でぼやけた手のひらの先に、もう彰宏くんの姿はなかった。嗚咽して肩が揺さぶられるたびに、生温かな雫がサンダルから覗く真っ赤な指先を濡らした。

「あの日、本当は電車に飛び込むつもりだったんです」

仏壇に手を合わせながらYさんが呟く。

彰宏くんの二十六回目の月命日、今日もYさんは願いを込めてラムネを吹く。その音色は、日の光が降り注ぐ春のようであった。

さみしいの

鬼志 仁

知り合いのKさんは、妻を自殺で亡くした。

「自宅のマンションの寝室にあるウォークインクローゼットの中で、首を吊って死んだんです。遺書には一言、『さみしいの』とありました」

Kさんはそのマンションに住み続けたという。

「売ろうにも、買い手がつかなくて」

さすがに寝室では寝られず、別の和室で寝たという。

「妻が亡くなってしばらくして、朝、気が付くと寝室のベッドで寝ているんですよ。妻がさみしがって僕を呼んでいるのかなと思いました」

それからも和室で寝ると、朝には寝室で目覚めることが続いたという。

ある日の朝、目が覚めると、いつものように寝室のベッドの上だった。

「ただ、サイドテーブルに薬の瓶が転がっていたんです。蓋が開いていて、赤いカプセル錠が散らばっていました」

瓶のラベルを見ると、見たことのない文字が書いてあったという。

「まさかこの薬、飲んだんじゃないかって焦りましたよ」

薬屋に瓶を見てもらったが、正体は分からなかったという。

「怖いのは、寝ている間に何かされること。防ぎようがないですから」

仕事一筋で妻にさみしい思いをさせたことを、Kさんは今更ながら悔やんでいる。

約束

田沼白雪

先日、社員旅行に行った時の話。

私は、同室になった仲間と部屋で女子会を楽しんでいた。

その時、不意に、同期の英子が妙な事を言い始めたのだ。

「実は私、困った時に助けてくれる霊みたいな存在がいるんだよね。昔から、困った時には夢でお告げをくれたりするの」

正直、半信半疑だった私達。

と、話を終えた英子は「あ、ヤバッ！」と突然口走った。

「この話、絶対に他の人にしちゃいけないって言われてたんだ」

そう言いながら困った表情を浮かべた英子。

しかし私達は、（きっと冗談だろう）と思い、特に重要には考えていなかった。

だが、その日の深夜、私は突然気持ち悪くなり、目を覚ました。

と、視界に入った天井に、大きな狐の顔が浮かんでいたのだ。

怒り狂った表情の狐。真っ赤な瞳孔は血走り、瞬きもせず英子を映している。

恐ろしくなった私が英子達の方を見てみると、皆、天井の方を見たまま真っ青になって震えていた。

それから、カーテンの向こうが明るくなるまで震えていた私達。

朝日が昇ると同時に、狐の顔は消え、天井は元の天井に戻っていた。

その日から、英子の周りでは不幸な出来事がよく起きているそうだ。

幼馴染の家

碧紘

亮さんが小学校の低学年だった頃のこと。

幼馴染に呼ばれて、家へ遊びに行った。

「先週の日曜日に弟と留守番をしていたら、不思議なことが起こったんだよ。おもちゃのトラックが勝手に動き出したんだ」

幼馴染は特に恐怖は感じなかったので、おもちゃのトラックが動き回るのを、じっと見ていたようだ。

「でも、仏壇に置いてある蝋燭や花が落ちてきた時は、少しだけ驚いたかな。ガチャン！　って大きな音もしたし。弟はすごく怖がって、僕にしがみついて来たんだよ」

今日は、両親と一緒に弟も出かけているので、寂しくなって呼んだのだと幼馴染は言う。

幼馴染は、ひとりっ子だ。

親友だから

碧絃

佐原さんが休憩室に行くと、会社の上司がソファに寝転がっていた。

体調が悪くならないように少し休んでいただけだ、と上司は言うが、顔色が悪い。

「心臓が弱っているみたいでね。でも、亡くなった親友が教えてくれたから、早く病院へ行くことができたんだ」

一ヶ月前に亡くなった親友の男性が夢の中に現れて、胸を殴る。そんな夢を何度も見て、心配になった上司が病院へ行くと、心臓の機能が低下していると言われたそうだ。

「親友に感謝しないといけないいな」と上司は微笑んだ。

「上司は、親友が『教えてくれた』って言うけど……。それなら、殴るのはおかしいような気がしたんだよね。だから上司に、病院に行ったから、親友はもう夢に出てこなくなったんですよね？　って言ってみたら……」

「昨夜も夢に出てきて、胸を殴っていた」と答えたそうだ。

吹けば飛ぶような

のっぺらぼう

Jさんが仕事帰りに最寄りの駅前を歩いていた時のこと。

木枯らしの吹く季節。誰もが肩をすくませ歩く雑踏の中で、Jさんは一人の男性に目が留まった。

年齢は四十代から五十代後半。おそらくサラリーマンであろう背広姿で酷く疲れ切った様子でこちらに歩いてくる。

左遷か解雇か……。そう思わせるほどの憂鬱な表情をしていて、気の毒になったJさんは心の中で男性を労《ねぎら》ったという。

その時、一段と強い突風が吹いた――。

風は周囲に散らばったゴミを巻き上げ、ひらひらと舞った新聞紙が男の顔にべたりと覆い被さった。

そして、そのまま男は風船よろしく寒空の彼方に飛んでいったという。

呆気に取られたJさんは事態を飲み込めず、しばらく足を止めてしまったそうだ。

◆路上で遭遇した怪異は「消える」と相場が決まっています。しかし、まさか「飛んでいく」とは――。タイトルの妙味もまた本作の魅力にひと役買っていますね。全編にわたり匠の技が冴えています。

営業の下村さん

筆者

営業の下村さんが、名古屋に出張したのを期に行方不明となった。

その日の昼頃、下村さんから電話が入る。内容は、打ち合わせが終わったので直帰しますと言うもの。それを聞いた上司は、打ち合わせは午後からの筈なので、いくらなんでも早過ぎるだろうと首を傾げる。

だが下村さんに電話をしても出ない。仕方無く先方に電話してみるものの、今日は顔を見せていないと言う。それっきり下村さんからの連絡は途絶えた。彼のアパートへと出向いてみても常に留守。とうとう捜索願いまでもが出された。

半年後、下村さんは愛知県の某所で見付かった。先方の会社の人が、「良く似ている人がいる」と連絡をしてくれたのだ。会社の上司が出向いて、「帰ろう」と説得したのだが、下村さんは完全に正気を失っており、荷物を全て置き去りにして逃げ出してしまった。

だがそれとほぼ同時刻、彼のアパートにて半ばミイラ化した下村さんの遺体が発見される。遺体の傍から遺書が見付かったので自殺と判断されたらしいのだが、遺体は全裸な上、ビニールで包まれた上に紐で縛られていたと言う。

ちなみに愛知で見付かった下村さんの荷物は、全て本人のものであった。

避けて通る場所

沫

大路さんの勤める会社の喫煙室からは、表の大通りが眺められる。

ヘビースモーカーの大路さんは休憩時間になればいつもそこに向かうのだが、行けば必ず同じ喫煙仲間の吉田君と顔を合わせる。

特に話す事も無くぼんやりとビルの三階から外を眺めていると、ふと奇妙な事に気が付いた。

表の大通りを歩く人の群れが、必ず避けて通る箇所があるのだ。

「あそこ、なんで皆避けて通るんだろう?」

大路さんが聞けば、「なんででしょうねぇ」と吉田君は答える。

さてその日の五時休憩、煙草を吸っている大路さんの目に、大通りを歩く吉田君の姿が写った。

どうやら彼は、〝避けて通る場所〟へと向かっているらしい。一度だけこちらに向かって大きく手を振ったのだ。

吉田君はどんどん例の場所へと近付く。そしてその箇所へと行き着くが、彼だけは全くそこを避けないまま真っ直ぐ歩いて行ってしまったのだ。

後日、喫煙室に彼の姿は無かった。

どうしたもんだろうと外を見れば、例の場所でこちらに背を向け、立っている男の姿が目に入った。

吉田君は無断欠勤のまま退職したと聞く。

なんとなくだが、あの時あそこで立っていたのは、彼だったような気がすると大路さんは語った。

◆理由もないのに足が向かない——そんな場所は誰にでもあるかと思います。そこへ足を踏み入れたらどうなるか、その恐怖が静かに淡々と描かれた良作です。よかったら、その〈避ける場所〉、詳しく教えてもらえませんか。ええ、行ってみたいのです。

部屋にいたもの

田沼白雪

私が東京で一人暮らしをしていた時の話だ。

当時、私は、六畳一間の安いアパートに住んでいた。

そこは、前の住人が居抜きで転居したという部屋で、全ての家具が残ったままだった。

「家具を撤去しなくていいなら、家賃を割引するよ」

入居する際、大家からそう提案された私。

古いからだろうか——カーペットに小石を並べた様な小さな窪みが五つあったのは気になったが、やはり割引というのは大きかった為、入居することを決めたのである。

そんなある日。

私は友人達を部屋に招待し、家飲みをすることにした。

友人達が部屋にやって来たのだが——青山という友人が、玄関から一歩入った瞬間、動かなくなってしまったのだ。

彼は私をぎこちなく振り返ると、

「急用を思い出したから帰る」

と、いった。

特に気にすることはなく、青山を見送り、私の部屋で家飲みを行った私と友人達。

翌日、私は青山に呼び出された。

「お前、あの部屋は今直ぐ出て行った方が良い」

いきなりそう切り出してくる青山。

「あの、カーペットの窪みあるだろ？　あれは、子供の指の跡なんだよ。小さな子供の霊が、あそこに指を立てて、恐ろしい形相でこちらを睨みつけてたんだ」

ちちよりち

鍋島子豚

同僚の女性、前山さんから聞いた話。

生後二週の長女に授乳していた時のこと。

寝不足がたたり、長女を抱えたまままどろんでいると、左胸に刺すような痛みが走る。

思わず娘を胸から引き剥がすと、乳首から血が流れている。

娘の口の中を覗き込むと、口には漫画のキャラクターのようなギザギザの歯が並び、スズメバチが威嚇しているようにカチカチと音を立てている。

言葉を失っていると、食事を邪魔された娘が不機嫌そうに口を一文字に結ぶ。

次に口を開くとソレは消え、ピンクの歯茎が涎と母乳に塗れててらてらと光っていた。

翌朝には傷口が爛れ、母乳が出なくなった。

今でも乳首には歪な歯形がはっきりと残っている。

手応え

御家時

原さんは知人の紹介で、ある女性と交際し、次第に彼女との結婚を意識するようになった。

その話題を出した時、彼女は原さんに言った。

「私、料理できないよ」

何だそんな事か、と原さんは笑った。

「それが理由で君を嫌いにはならない」と伝えたが、彼女は静かに首を振った。

「ちゃんと言うね。私、刃物に触れないの」


昔、アパートに一人暮らししていた彼女はある夜、帰宅したところを潜んでいた暴漢に襲われ、部屋へ押し入られた。彼女は死に物狂いで台所まで逃げ、偶然、流しにあった包丁を手に取った。

そして振り向き様に男を刺した。

刺された男は警察に逮捕され、彼女の行動は正当防衛として罪に問われる事はなかった。

ただ、それからが問題だった。刃物を扱うと、あの時の感触が手に甦るのだ。

ぷつり、と切っ先が皮膚を破く感触。

ぞるぞるっ、と刃が肉と血管を裂いていく感触。

肉や魚だけではない。

野菜を切る時、鋏で紙を切る時、針を布に通す時にさえ、その感触が手に伝わり、刃物に触れなくなったという。

その話を聞いて、原さんは彼女との別れを決めたらしい。

「口では嫌って言ってたけど、その感触がクセになってるんじゃないかな。目が笑っていたよ」

暴走車

碧絃

司さんが彼女とドライブをしていた時のこと。

二車線の道路で、白い軽自動車に追い抜かれた。その車は、かなりスピードを出していて、車線を何度も左右に移動している。

「なんなの、あの車。あおり運転?」

助手席に座っている彼女が低い声で言う。

白い軽自動車は急ブレーキを踏んだ後、またスピードを上げた。

「もしかして、飲酒運転かなぁ？　おかしいよね？」

彼女は前のめりになって、白い軽自動車を睨んでいる。

どうして彼女は、車の上にしがみついているスーツ姿の女のことを何も言わないのだろうか。

「飲酒運転じゃなかったとしても暴走してるし、警察に電話した方がいいよね」

やはり彼女は、スーツ姿の女のことを言わない。見えていないのだろう。

女が前の方に移動して、首をガクンと下ろすと、白い軽自動車が大きく蛇行した。

その様子を見た司さんは、電話をかけようとしている彼女を止めたのだという。

「たぶん、煽り運転とか飲酒運転じゃなくて、ただあのスーツ姿の女から、逃げようとしていただけなんだと思うんだよね」

やっぱり

田沼白雪

今から数ヶ月前のこと。
私は、久し振りに三人の高校の友人達と再会した。
本来ならば、いつも一緒に旅行や買い物に行っていた私達。
だが、その内の一人である理子が重度の鬱病になり入院してしまっていたのだ。
なので、長く四人で会えていなかったのである。
しかし、その時はなんと理子の方から私に連絡があったのだ。
「病気が良くなって一時帰宅を許されたの。だから、久しぶりに皆で会わない？」
理子のそんな誘いに、早速集まった私達は久し振りの再会を楽しんだ。
そうして、その日の夜。
私達がカラオケを楽しんでいると、不意に私の携帯が鳴った。
出てみると、それは理子の母親からだった。
「突然ごめんなさい。でも、今、理子が亡くなったの」
その言葉に、思わず理子の方を振り返る私。
すると理子はとても悲しそうに微笑み、

「ごめんね。やっぱり、ダメだったんだ……」

と、告げるや、まるで最初からそこにいなかったかの様に消えてしまった。

暫く呆然としていた私達。

後に理子の母に聞いて分かったことだが、理子が私に連絡をして来た頃——彼女はちょうど、自殺を図り生死の境を彷徨っていたところだったらしい。

深夜通話

チャリーマン

これは私が深夜に友人と通話していたときの話だ。

友人は一人でドライブに出掛けていて、退屈だからと私に電話をかけてきた。

しばらく二人で何でもない話をし続けていると、途中で音声が途切れ途切れになった。

友人曰く、山道でトンネルが多い区間を走っているため電波が通りにくいらしい。

なるほどと納得していたが、突然友人が「うわっ」と叫んだと同時に今度は完全に音声が途切れてしまった。

何かあったのかと心配はしつつ、どうせ鹿が飛び出してきたとかその程度のことだろうと私は思った。

しばらくして電波が復活し、通話が再開すると友人は「くそ怖かったんだけど」と言った。

「何が?」と私。

「横断歩道の真ん中に人が立っててさ。びっくりして避けた。しかもその人、制服着た女子高生っぽかったんだけど」

深夜の山道にどうして制服姿の女子高生がいるのだろうか。

考えても仕方ないと私と友人は切り替えて、またくだらない雑談へと戻っていった。

だが妙なことに、そこからはいくらトンネルに入っても音声が途切れることはなかった。

ドアの目貼り

沫

昭和の頃の話。

榎戸さんが引っ越しをした部屋はとても綺麗ではあったが、キッチンのシンクの下、収納部分のドアがやけに汚い事だけは気になった。

良く見ればそこに何かをベタベタと貼った跡。ついでに言えば粘着テープか何かで目貼りしたのだろう、縁の塗料が酷く剥がれている。

「なんだこれ？」

理由はその晩の内に分かった。

真夜中、ドンと言う音と何かが転げて散らばる金属音。何事だと見に行けば、キッチンの床に鍋やボール、フライパンなどが散らばっていたのだ。

見ればシンクの下のドアは開いて、中のものは全て床へとぶちまけられている。

榎戸さんはそれを集め、中へとしまう。ただ一つ、ドアの内側に刺さっていた筈の包丁が見当たらない。

結局その包丁は、翌朝に見付かった。キッチンの天井に深く刺さっていたのだ。

脚立に乗ってそれを引き抜く。見れば天井には今までに何十、何百とそうして来たのだろう、包丁の刺さった跡が見受けられた。

なるほどと思い、今までここに住んだ人達と同じようにドアに目貼りをし、そしてその日の内に引っ越し先を探しに行ったそうである。

◆さりげない筆致に過不足なく込められた情報と描写。なにげないけれど「気の所為《せい》だよ」とは片づけられない現象。すべての塩梅が絶妙な、まことに佳《よ》き怪談でした。けっこうな御点前に感心するばかりです。

私の場所

天堂朱雀

Yさんが子供を連れ、家族でテーマパークに行った時の話である。
十八時からパレードがあるのを知ったYさん一家は、ぐずる子供を宥《なだ》めながら足早に会場に向かった。

しかし、まだ開演一時間前にもかかわらず、会場近場は既に五、六列の渋滞や場所取りが起きていた。仕方なく人手が少ない方に流されていると、ちょうど大人二人がギリギリ入れそうなスペースを見つけた。

急いで体を捩じ込ませると、コツンと足元に何か硬いものが当たったが、さほど気にも留めず、グイッと旦那と子供を引き寄せた。前列の人は椅子に座っていたため、眺めを遮るものもなく、子供は旦那に抱っこしてもらい、まさにベストポジションであった。

しばらくすると園内に四拍子の重低音が響き渡り、煌《きら》びやかなワゴン車に乗ったキャラクター達が登場した。

「ほら、来たよ!」

旦那たちと身を乗り出し、目いっぱいに歓声をあげながら手を振りまくる。

キャラが目の前にいたのは二分ほどであったが、大満足してYさんらは家路に着いた。

帰宅後、Yさんが先程の動画を見返そうとすると、強く夫に止められた。

赤黒い鬼のような形相でYさんを睨む生首が、Yさんのすぐ後ろにずっと映りこんでいたからである。

動体視力

鍋島子豚

職場の後輩、津谷さんから聞いた話。

数年前、毎日のように東北新幹線を利用していた時のこと。

津谷さんは乗り物酔いが酷く、いつも通路側に座り、通路の床を薄目で睨みつけ気を紛らわすのが常だった。

違和感を覚えたのは二ヶ月が経った頃。

宮城県某駅を発ち車内放送が終わって数分後、視線の先に、黒いモヤのようなものが毎回見えることに気付いた。

ボウリング球ほどのそれは目を凝らす前に消え失せる。毎日観察を続けるうちに、それは昼夜を問わず、某駅を発って十三分後の地点に現れるようだ。

不可思議な法則を見つけた興奮から、今度は黒いモヤの正体を捉えるべく、乗り物酔いを我慢して連日床に目を凝らすようになる。

しかし目が慣れてきたある日、黒いモヤの中に見える肌色が人の耳だと認識して以降、某駅からの十数分間は目を固く閉じ、恐怖に震える時間となった。

某駅から数キロ地点の線路に俯いて立つ、黒髪の男性。半透明の彼の上を、時速三二〇キロの速さで通り過ぎる新幹線。そんな光景が脳裏に浮かんでしまったという。

「スポーツ選手とか、動体視力が良い人だったら、表情まで見えちゃうんですかね」

嫌そうに話す津谷さんは学生時代、将棋部だったそうだ。

◆聞き慣れた地名や見知った鉄道が出てくると、恐怖の臨場感がさらに増す——東北の生まれ育ちである私はいま、そんな感覚をひしひしと味わっているのです。あまり大きな声では言えませんが、どのあたりの出来事か判ってしまいました。

ぎゅっ

あんのくるみ

営業部の佐田ユリといえば、あざとい女子で有名だった。入社四年目の二十六歳。小柄でいつも目を潤ませていて、庇護欲をくすぐるチワワのような女だった。

彼女が本領を発揮するのが、月末恒例の飲み会だった。この日のターゲットは、部署移動してきたばかりの生島だった。

「生島は新婚なんだから、あまりちょっかいかけるなよ」

上司がニヤけながら小言する。ユリは構うことなく、生島と肩が触れるほどの距離に着席した。

「この席寒いですね。ユリ、風邪ひきそう」

長身の生島を見上げる。お得意の上目遣いだ。

「上着を貸してもらえませんか？」

生島は無表情のまま「どうぞ」とスーツの上着を差し出した。

「やったー」

ユリが遠慮なく上着に袖を通す。そして、ブカブカの袖から指先を少しだけ出し、

「見て、おっきい」

と萌え袖を生島に主張した。その瞬間、

「いいい痛ッッ……！」

ユリが悲鳴を上げた。同僚たちの視線が一気に集まる。ユリの白い手の甲に、真っ赤な内出血痕ができていた。

「い、いま……誰かにつねられて」

すると生島が、

「それ、多分カミさんです」

と言った。ユリはポカンとしていたが、すぐに慌てて上着を脱いだ。生島はさっきより頬を緩ませて酒を飲んでいた。

◆掌編小説のようにソリッドな文体ながら、怪談らしい風味もしっかりと兼ね備えているという名作です。最初の一行から締めに至るまで流れるような筆運び、僭越ながら喝采を送らせてください。

百話

黒木あるじ

好奇心旺盛と云えば聞こえは好いが、要は悪趣味な遊びに目がないだけなのである。

悪友のKはそのような男であったから「百物語をしてみようか」と誘われたときも、私はたいして疑問に思わなかった。この旧友は質《たち》が悪いことに凝り性でもあって「演《や》るからには本格的な作法でおこなうべきだ」と譲らない。聞けば、蝋燭を百本用意して怪談を一話ずつ語り、終わるごと火を吹き消していくのが古来よりの慣わしであるらしい。

蝋燭は用意できるかもしれないが、肝心の話はどうするんだ——そのように私は訊ねた。百話ともなれば、語り手とて相応の数が要る。けれども不幸なことに、Kも私も友人には恵まれない人間だったから、大勢を集める伝手など持ってはいない。すると彼は嬉しそうに微笑んで「こいつがあるさ」と懐から一冊の文庫を取りだした。彼によると其れはいわゆる怪談本というもので、きっちり百篇の怪異が綴られているのだとか。要はその本を私と彼で交互に一話ずつ朗読すれば、百物語を完遂できるだろうという皮算用なのである。

斯くして数日後の夜——Kの実家の大広間を借り、ふたりきりの百物語が幕を開けた。

悪友が一本ずつ、蝋燭へ火を灯していく。数が数だけになかなか終わらない。十分ほどを費やして点火を済ませ、あとは愈々《いよいよ》語るばかりとなった。

「では、まずは自分から読むとしよう。第一話……」

勿体ぶった調子で告げ、Kが大きく息を吸った――次の瞬間、蝋燭の火がすべて消えた。

風が薙《な》ぐように順繰りと消えたわけではない。一瞬で、一気に潰えたのである。

慌てふためきながら暗闇に手を伸ばして電灯の紐を探し、灯りを点ける。

青白い蛍光灯に照らされた広間では、蝋燭が一本残らず、どるどるに溶けきっていた。


後年、その手の話に詳しい怪談作家へKの体験を知らせたところ「それは作法が間違っているのです。百物語は変事を避けて九十九話で打ち止めにするものですよ」と教わった。

だが世のなかには例の書籍と同様、百話がおさめられた本も少なくないと聞くが――。

そう告げるや作家氏は顔を歪《ゆが》めて「そういう書籍は、きまって好くないことが起きます。作者にとっても、読者にとっても」と、かぶりを振ってみせた。

「では、機会があったらKの話をこっそり百話めに収録してください」

私は半ば強引に作家氏に承諾させ、掲載のあかつきには知らせてくれと頼みこんだ。私もKに負けず劣らず、悪趣味な遊戯が好きなのかもしれない。

だから――あなたがいま読んでいるこの話は、本当の出来事なのである。

新時代怪談作家発掘プロジェクト収録者

沫（まつ）
骸烏賊（むくろいか）
藤野夏楓（ふじのかふう）
司翠々稟（つかさみどみどりん）
碧絃（あおい）
猫又十夜（ねこまたとおや）
でんこうさん
田沼白雪（たぬましらゆき）
千稀（かずき）
高崎十八番（たかさきおはこ）
鬼志 仁（きしひとし）
カンキリ
筆者（ふでもの）
キアヌ・リョージ
高倉樹（たかくらいつき）
柩葉月（ひつぎはづき）
有野優樹（ありのひろき）
浦宮キヨ（うらみやきよ）

のっぺらぼう
薊 桜蓮（あざみおうれん）
蜂賀三月（はちがみつき）
花園メアリー（はなぞのめありー）
佐々木ざぼ（ささきざぼ）
小祝うづく（こいわいうづく）
乙日（おつび）
天堂朱雀（てんどうすざく）
おがぴー
あんのくるみ
御家時（おけじ）
さっれゆいおーん
緒方さそり（おがたさそり）
イソノナツカ
泥人形（どろにんぎょう）
鍋島子豚（なべしまこぶた）
チャリーマン

怪談マンスリーコンテスト

毎月のお題に沿った1000文字以内の実話怪談を募集、
その月の最恐賞を選出する〈怪談マンスリーコンテスト〉。
2024年の最恐賞を掲載する。

おじいちゃんの電車

宿屋ヒルベルト

二〇二四年二月　お題：地下鉄にまつわる怖い話

悠馬くんの祖父はかつて大手デベロッパーの開発職にいて、首都圏の鉄道計画に携わっていたという。昔、新宿駅を一緒に歩いていて「この辺りはおじいちゃんたちが図面を引いたんだよ」と言われて驚いた記憶があるそうだ。定年前の最後の大きなプロジェクトが丸ノ内線方南町支線の延伸計画で、結局、検討段階で破棄されてしまったのが心残りだったと、折に触れて語るのを悠馬くんは聞いていた。

がんを患い長く病院にいた祖父だったが、余命宣告を受けて在宅療養に切り替わり、久しぶりに家に戻ってきた。

祖父が妙なことを言い出したのは、亡くなる一か月ほど前からだった。

「もう工事がそこまで進んでるんだねえ」

ある日、悠馬くんが部屋に様子を見に行くと、祖父は電動ベッドから降り、耳を床に押し当てて這いつくばってニコニコしていたのだという。

肩を抱えてベッドに戻してあげながら「何の話？」と訊くと、

「地下鉄の工事だよ。ほら、微かだけど掘る音が聞こえるんだ」

もちろん、何の音も聞こえないのだが。

ああ。悠馬くんは理解した。祖父の語る丸ノ内線の計画では、自宅のあるF市の方まで路線を延伸するはずだったのだと聞いていた。

祖父は今、諦められない仕事の夢を見ているんだ——入院中に祖父の認知症がかなり進んでいたことは悠馬くんも分かっていたから、否定するようなことは言わなかった。

祖父は毎日のように床下からの、他の人には聞こえない「地下鉄工事」の音を楽しんでいた。

「もうすぐ、うちの真下に来るねえ」

そう言って無邪気に笑っていた日の晩、悠馬くんの祖父は家から姿を消した。

翌朝、警察から連絡があった。祖父の遺体が新宿駅の構内で発見されたという。

変死扱いで検視を受ける必要はあったが、事件性のない衰弱死という結論だった。

始業前でシャッターの下りた駅のホームにどうやってもぐり込んだのかはわからずじま

いだったが、認知症の診断があったこともあり、夜中に起きだし、急に昔の仕事に関わる場所に行きたくなってタクシーを拾ったのだろう……という話になった。

悠馬くんから地下鉄の話を聞いていた両親は「もしかしたら、その電車がおじいちゃんを迎えに来て、思い出の場所に連れてってくれたのかもね」なんて言って涙ぐんでいたが。

悠馬くんは、床下からやって来たのはそんな良いモノではないと思っている。

帰ってきた祖父の遺体が、何かに驚愕し怯えたような表情で固まっていたからだ。

記憶に無い別れ際

筆者

二〇二四年三月　お題：散歩にまつわる怖い話

敬親さんはある時、妙な夢を見た。それはもう十年も前に別れた彼女、恵美さんと一緒に散歩をしている夢である。

敬親さんと恵美さんはやけに霧の濃い山道を手を繋ぎながら歩き、どこかへと向かっている。ただそれだけの夢。そして敬親さんは起きてすぐに、「彼女に何かあったか？」と考えた。

迷った挙げ句、敬親さんは恵美さんに電話を掛けた。もう既に十年間も使っていない電話番号である、普通に考えたら繋がる確率の方が少ない。――が、奇跡的にもそれは彼女に繋がった。

恵美さんは電話に出てすぐ、敬親さんにこう聞いた。「何かあったんだよね？」と。

なんでも昨晩、恵美さんの夢に敬親さんが出て来て、一緒に手を繋ぎながら霧の濃い山道を歩いていたと言うではないか。それに驚いた敬親さん、「同じ夢を見た」と告げると、「あの山道って、一緒に出掛けた旅行で最後に立ち寄った場所だよね？」と聞く。

瞬時に記憶がよみがえる。確かにそうだ。旅行の最終日、近隣の神社にお参りしてから帰ろうという事になって、早朝に二人で散歩をした筈だった。

だが、敬親さんの記憶はそこまでで、その後に立ち寄ったであろう神社の事や、その最終日に家まで帰った記憶すら無いのだ。

そしてどうやら恵美さんの方も全く同じ様子で、なんなら家に帰った後、「どうして私達ってそのまま別れて会わなくなったんだっけ？」と、その理由すら覚えていないと言う。

確かにそうだと思った。実際敬親さんも、恵美さんに別れ話をした記憶も無ければ、別れに至る原因すら覚えていないのだ。ただその旅行から帰ったと同時に、ぱたりと会わなくなっただけの話なのである。

「あそこで何かあったんだっけ？」と、二人の声が重なる。そしてどちらからともなく、「機会があればもう一回、あの場所に行ってみようか？」という話になり、そして電話を終えた。

だがその機会は無かった。後日、敬親さんが掛けた電話番号は、現在使われていないというガイダンスが流れるばかりで、もう恵美さんと連絡を取る手段は失われてしまっていたのである。

ドンジンボク

月の砂漠

二〇二四年四月　お題：草木にまつわる怖い話

田中さんは小学校四年生の時、ミツル君という同級生と仲良くなった。いまから二十年ほど昔、静岡県にある温泉で有名な町でのことだ。

二人は放課後、町の散策をよくした。ミツル君は樹木の名前にとても詳しい子だったという。

「ほら、田中君。あれはクスノキ、あれはプラタナス、あの低いのはシラカシって言うんだよ」

指を差しながら得意げに教えてくれたそうだ。

ある時、田中さんはミツル君から、奇妙な話を聞かされた。

「この町のどこかにドンジンボクがいるんだ」

それは何だと首を傾げる田中さんに、

「人間を飲み込む木の妖怪だよ。特に、子どもの目玉が大好物なんだぞ」

ミツル君は目を輝かせながらそう答えた。亡くなった祖父に聞いた話だから真実さと、熱く語っていたという。


次の日から、二人のドンジンボク探しが始まった。田中さんは半信半疑だったが、謎の妖怪探しはRPGゲームのようで楽しかった。

夏休みに入ると、二人は町外れの古池を訪れた。そこは立入禁止エリアで、以前からミツル君が「あそこがドンジンボクの住処では?」と疑っていた場所だった。

フェンスを乗り越え侵入すると、二人は古池をグルリと囲むように生い茂っている木々を一本一本、慎重に調べていった。

数十分ほど、熱中して木々を見て回った頃だ。

ふと気が付くと、ミツル君がいない。

「おーい、ミツルー?」

呼び掛けたが返事はない。周囲を見回したが、姿は見えない。

「おーい、ミツルーー!」

ミツル君が池に落ちてしまったのではと心配になり、田中さんは水辺に近寄った。

次の瞬間、むせかえるような青臭いにおいと、腐った生魚のにおいが、同時に背後から漂ってきた。

においの方向を振り返ると、一本の太い木があった。

その木の幹の真ん中に、ピンポン玉に似た白いものが二つ、埋まっている。何だろうと思い、田中さんは顔を近付ける。

それは、血走った目玉だった。

田中さんはパニックになり、気が付いた時には、その場から走って逃げ出していたという。

結局、ミツル君はその夜、家に帰って来なかった。

通報を受けた警察が、翌日、古池を捜索すると、ミツル君の水死体が発見された。

「ミツルは古池に落ちて溺れ死んだと診断されました。でも……」

田中さんは今でも、ミツル君はドンジンボクに飲み込まれたあと、古池に吐き捨てられたのではないかと疑っている。

「だって、ミツルの遺体は……」

両方の目玉がなくなっていたという。

数え

御家時

二〇二四年五月　お題：数字にまつわる怖い話

北関東のある山村では「霧のかかった〇〇山に入ってはならない」という言い伝えがあった。

山の神か物の怪か、「数え《かぞ》」という怪異が出るからだ。

その風貌は遭遇した者によって異なるが、皆口を揃えて、それは物音も気配もなく突然現れ「数えたまへ」と語り掛けてくると言う。

言われた通りに何かを数えると、その数えた物がひとつ無くなる。

猟銃の弾を数えると一発、山で採った木の実を数えると一粒、そして呆気に取られているうちに、その姿は跡形もなく消えている。

では、問いを無視して何も数えなければ、もしくは数えられるものを持っていなければどうなるか――たったひとつの命を取られると恐れられていた。

ある時、その村に住む権助という博打好きの若者が仲間と賭けをした。

いわく「数え」から何も取られずに山を下りてみせると言う。

あくる日、彼は身を改めさせた後、皆の前で五つの賽子《さいころ》を右手に乗せ、それを握りしめると、一人、霧がかかった〇〇山へと入っていった。

権助が山に入り、しばらくすると、突如、行く先にみすぼらしい格好をした老婆が現れた。

突然のことに言葉に詰まる権助に、老婆は「数えたまへ」としゃがれた声で言う。

ごくり、と唾を飲み込みながら、権助は右手を開き、持ってきた賽子を「ひとつ、ふたつ、みっつ……」と数えた。すると村を出てから一度も手を開いていないのに、賽子は確かに四つしかなかった。

背筋に冷たい汗が伝うのを感じつつ、賽子から目を離すと老婆は霧に溶けたかのようにいなくなっていた。

ほっと、息をついて下山すると、権助はその最中、口内に隠していた賽子をこっそり手の内に忍び込ませた。

これで賭けは俺の勝ちだと意気揚々と彼は村に戻った。

村人らに囲まれる中、権助は勝ち誇った顔で賽子を握りしめていた右手を開いた。

その瞬間、村人たちは悲鳴を上げた。

権助の手には確かに賽子が五つ乗っていたが、彼の右手からはあるはずの親指が跡形もなく消えていた。

一瞬、遅れて権助も四本指になっている自身の手を見て「ひいっ」と悲鳴を上げた。

不思議なことに親指が消えた痛みや感覚は微塵もなく、切り取られたような痕すらなく、まるで生まれた時からなかったかのようだったという。

その後、権助は「数え」の怒りに触れたとして村人らから忌避され、また親指が欠けた状態では仕事もままならず、いつの間にか村から姿を消したという。

猫柱の湯

花園メアリー

二〇二四年六月　お題：猫にまつわる怖い話

大学時代からの友人である彼は、年中出張で日本中をあちこち飛び回る仕事をしており、そのついでに各地の温泉に入ることを趣味にしていました。

その彼が福島県南部にある、古い温泉旅館を訪れたときの話です。

温泉街こそありませんが、四方を山に囲まれ、ゆったりと流れる川のそばに立つ温泉旅館は良い雰囲気で、入ると肌がピリピリするような泉質はいかにも効能が高そうでした。

夜中に入った大浴場にはほかに客がおらず、たっぷりとしたお湯をひとり占めして、大そう気分良く浸かっていたのですが、ふと指先が触れた浴槽の石タイルに、ザワっと毛のような感触がしてビクリとしました。

「ん？」と思って目を凝らしてみても、とくに変わった様子はありません。しかし、もう一度その場所をそっと触ってみると、やはり何か動物の毛皮でも撫でているような手触りが確かにするのです。

急に気持ちが悪くなって、すぐに風呂からあがり、明るい電気のついている部屋へと急いで戻りました。

翌朝、朝食を運んできた中居さんに、「気のせいだとは思うけど」と前置きをして、昨夜の話をしてみました。すると彼女は「それは猫柱さまでねえだが」と困ったように言いました。

「猫柱さま?」

「昔、この辺りでは、大ぎな土木工事するどぎ、人柱を立でる代わりに、生ぎだ猫を埋めてたんです」

「それじゃあ、ここの温泉を掘るときにも?」

仲居さんはあいまいにうなずきました。

「そのせいがどうがは、わがらねえげんとも、お湯の中で猫の背中を撫でだづーお客さんは結構いんです」

「撫でると何か……祟りとか、悪いことが起きたりはしないのかな」ゾッとしながら尋ねた彼に、中居さんは目をそらしながら言いました。

「もぢろん、ねぇです……」

お湯の中で触れたザラリとした毛の気持ち悪さが忘れられず、彼は温泉巡りをそれ以来ピタリとやめてしまいました。

夜半の冬に

二〇二四年七月　お題：祭りにまつわる怖い話

影絵草子《かげえぞうし》

北関東在住の深町さんが幼い頃の話。

真夜中に、ふと目を覚ますと――。


ぴぃひゃら……。


まただ。このところ、夜中の零時になると窓の外から、笛や太鼓のお囃子のような音が聞こえることがある。

寒い真冬の時季だ。ここらの祭りは夏と決まっているし、地域の小さな農業祭や収穫祭の類いでもない。

何だろうと思ってはいたが意図的に無視をしていた。

深町さんは家族と川の字で寝ているが、いつもその音が鳴ると起きてしまう。

両親も起きていて、窓から外を眺めていた。

その目は、まるで絶景でも見るかのようにうっとりとしている。


（父さんと母さんは何を見ているんだろう……）


その様子は奇妙であり、羨ましくもあった。

深町さんも気になるのだが、眠さに負け目を閉じてしまう。


そんなことがぽつりぽつりとあった、クリスマス前の寒い夜。やはり深町さんはお囃子の音に目を覚ました。

時刻は零時を回った頃であろうか。

両隣に寝ていた両親は窓にぴたりと手をあて、恍惚の表情で外を眺めている。


ただ、いつもと少し勝手が違う。

心なしか音が近い。

今夜こそは自分も父母と一緒に眺めよう。音の正体を確かめよう。そう思い窓に近づく。そして――。


そこまで話したところで、深町さんは話をやめてしまった。

彼曰く、思い出せない。自分が一体何を見たのかわからない。むしろ思い出してはいけない気さえするという。

「そうですか……」

肩透かしを食らったような気分で取材を終えようとすると、唐突に深町さんが鼻唄を歌い出す。

「それはなんの歌ですか?」と聞くと、「窓の向こうから聞こえていたお囃子の音だよ」と言う。

しかしその音はお囃子というよりもむしろ、坊主の読経に近かった。

深町さんの両親、そして彼自身は何を見たのか。

我を忘れて見惚れてしまうほどの景色が、広がっていたのだろうか。

思い出してはいけない気がすると言っていた深町さんの言葉を反芻しながら、その鼻唄を聞いた瞬間からただの不思議な話が急に不穏な空気を纏ったのは言うまでもない。

みだまめし

二〇二四年七月　お題：祭りにまつわる怖い話

犬飼亀戸《いぬかいかめいど》

「私の郷里にはみだまめしという風習があります。収穫が終わったあとの祭り、豊穣祭というんでしょうか、私のところでは単に祭りというとそれのことでした。その晩は、箕《み》に大きな握り飯を三つ乗せて、田の神様に感謝して、神棚の下に置くのです。

　私の子供の頃には、農村から工業の町に変わっていましたが、風習は残りました。ある年、火事があって我が家は経済的にとても苦しかったんですね。その年は、暮らしに本当にゆとりがなかった。それでも母は、祭りの日に、お供えなんだから作らないとだめだと祖母にきつく言われて、握り飯を拵《こしら》えたんです。私はそれを見てひもじくて、〝一つでいいから食べたい〟と言って、母を困らせました。最初は神様のものだからだめだと言っていた母ですが、私がいつまでも諦めないのを見かねたのでしょうか、〝ひもじい子供から横取りする神様なんて〟と言って、一つ私にくれたのです。しまった、と思いました。本当にもらえると思わないから我儘《わがまま》を言ったのですから。それでも食べてしまいましたが……。母は残った握り飯二つを、中に蕎麦猪口を入れて大きさを誤魔化して三つに握り直しました。気の毒だったのは、その後死ぬまで〝神様にあんなことをして、お前に罰があたるのでは〟とずっと心配していたことです。家の状況が落ち着いてからは、母はこっそり握り飯を一つ余計に作って陰で供えていたくらいです。

私はその後、離れた町で役場の職員として働き始めました。驚いたのは、その町にもよく似た風習があったのです。そこでは箕ではなく蓑《みの》を使っていましたが、農具に握り飯を三つ乗せるという点では全く同じです。不思議な縁だと思いました。役場の庁舎の神棚にも握り飯を置くのですが、それを作るのは新人の役目でした。用意して神棚のところへ置いて、さて戻ろうと神棚に背中を向けた時、背後から、〝心配するなと言っておけ〟と声が聞こえたのです。驚いて振り向くと、さっき供えた握り飯が目に入りました。しかし数が……三つから二つに減っていたのです。そしてまた声がしました。〝お前からもらっていく〟と。

その年の暮れ、私は郷里に帰ってこのことを仏壇の母に報告しました。そして握り飯を仏壇に供えました。母のためにです。だって私がひもじかった時には、母だって空腹だったはずです。遅まきながらそう気づいたのです」

（一九九〇年代　東北地方某所にて採話）

当事者か傍観者

千稀

二〇二四年八月　お題：金属にまつわる怖い話

今は一児の父であるYさんが小学生の頃体験した話。

「歩道に柵があるだろう。スチールとかステンレスで作られた格子タイプのやつ。学校帰りによくあれを枝とか傘とかで叩きながら家に帰っていたんだ。歩くスピードに合わせてカカカッて鳴るのが楽しくてさ」

毎日のように繰り返しているうち、妙なことに気がついたという。

「カカカッ、ッカカカみたいな感じで、必ずリズムが崩れる歩道があるんだ。他の柵と変わったところはないんだけれど、そこでは必ずリズムが崩れてしまうもんだから」

不快に思ったYさんは、柵を一本一本叩いて音を鳴らし確認していったのだという。

「カアァンって音が鳴っていくんだけど一部の柵だけが変なんだ」

見た目も特に他の柵と変わりはない。しかしその数本だけはどれだけ叩いても音が鳴らないのである。

「まるでゴムを叩いているような感じだった」

苛立ちを感じたYさんはひたすらに柵を叩き続けた。

「途中で気がついたんだけど」

叩くたび、金属音ではない妙な音が聞こえる。

――グッ、グッ

それは重苦しく漏れるような男性の声に聞こえた。

「気持ち悪くなってそのまま逃げ帰ったんだ」

翌朝登校したYさんは、先生数名と両親がいる部屋へ呼び出された。

なにやらYさんについて匿名の男性から学校へ通報があり、それについての事実確認をするのだという。

「担任の先生が深刻な顔をして言うんだ。昨日の放課後何してたって」

通報の内容は、Ｙさんが歩道で人に暴行を加えていたというものであった。

「当然そんなことをするわけないし、否定したよ。色々不審な点があって先生たちもこの男性からの通報について怪しんでいたんだ。でもあまりに場所や状況説明が鮮明だし、子供の特徴とかの説明が確実に俺のことを言っていたみたいでさ。念の為確認することにしたらしい」

ひとしきり聞き取りをされた後、その日は両親と帰宅することになった。

両親から「こんな通報をされる心当たりはあるか」と聞かれ、柵を叩きまくっていたことを思い出したのだが口にはしなかった。

「そのときに思ったんだけど柵の音が鳴らなかったのって、俺が叩いていたあれが『柵』じゃなかったからなのかなって」

翌日、その柵を叩いてみると、

——カアアァン！

と突き抜けるような気持ちの良い音が鳴り響いたという。

音が聞こえる

月の砂漠

二〇二四年八月　お題：金属にまつわる怖い話

レイカさんがまだ小学生だった頃、クラスで貝殻集めが流行ったことがあった。九州の海沿いの町での話だ。

アサリにキサゴ、トリガイ、シロガイ、クジャクガイといったあたりが一般的で、この地域でしか取れないハイガイや、虹色に光るアコヤガイは特に人気が高かった。

拾って来た貝殻を箱にぎっしりと詰めて見せびらかす友人もいたが、そういう子は「成金」と陰口を叩かれていた。

コレクションの中から厳選したいくつかだけを持ち歩き、その貝殻を耳に当てて音を聞くのがオシャレな振る舞いとされていたのだ。

「この貝、クジラの鳴き声が聞こえるよ」

「こっちの貝は、波の音が聞こえる」

そんなことを言い合って、楽しんでいた。

ある日、レイカさんは新しい貝殻を探しに浜辺へ散策に出た。

みんなと同じようなものじゃつまらない。めずらしくて、誰も知らない貝殻はないか。

一人で夢中になって探していると、浅瀬から突き出た岩の側で、銀色に光る貝殻を見つけた。

レイカさんは靴が濡れるのも構わず、海中へと歩を進めた。

ところが、拾い上げたそれは貝殻ではなく、金属片だった。

これが鉄なのか銅なのか、あるいは別の種類なのか、小学生のレイカさんにはわからなかったが、その手触りから金属であることはたしかだった。

金属片は扇型で丸みを帯びていた。ところどころに傷はあるものの、美しい銀色に輝いている。

レイカさんは、試しにその金属片を耳に当ててみた。

「ゴォォォ、ゴォォォ……」

燃え盛る炎のような音が聞こえた気がした。

これはこれでめずらしいなと思い、レイカさんはその金属片を持って学校へ向かった。

教室に着くと、親しい友人にそれを見せた。

友人は「これは貝殻じゃなかとよ」と笑っていたが、レイカさんは「めずらしい音がするけん、聞いてみて」と言って、それを友人の耳元に当てた。

友人は目をつぶって音を聞いていたが、しばらくすると、キャーッと悲鳴を上げてしゃがみこんだ。

「あんた、どげんしたと?」

「爆発音が聞こえたけん。ドカーンって、すごい音」

そう言って友人は顔をしかめる。レイカさんは困惑しながら、金属片を自分の耳に近付けた。その直後、

「たすけてくれ、たすけてくれぇ!」

悲痛な叫び声が、レイカさんの耳の奥に響いて来たという。

放課後、レイカさんはすぐに浜辺へ行き、金属片を海に投げ捨てた。

結局、あれが何だったのか、いまでもまったくわからないそうだ。

放送室

沫

二〇二四年九月　お題：名前にまつわる怖い話

K子さんが中学生だった頃の話だ。なかなかに過疎った町の中学校だったので、全学年合わせて生徒数は百二十人程度だったらしい。

いつも通りに給食の時間となり、当番の放送委員の生徒達がリクエストのあった流行歌を流し始める。途中、食事前の手洗いを勧める放送が入るのだが、その日の放送は少々違った。

いつもは決まり切った文章を読み上げるだけのものなのだが、何故か教室のスピーカーから流れて来るのは不平不満を訴える女生徒の声。××の〇〇子はどうしただの、××の先生は〇〇だのと、悪口がダダ漏れて来ているのだ。

皆は咄嗟に、放送されているのを知らずに放送委員が悪口を言い続けているのだろうと嬉々として耳を傾けたのだが、どうにもそこに出て来る生徒や先生の名前にはまるで心当たりが無い。どころかその背後で、生徒達数人が慌ててそのマイクを切ろうと必死になっている様子の声までもが聞こえて来るのだ。

何があったのかは知らない。だが次の瞬間、隣の教室の先生がK子さん達の教室へと飛び込んで来て担任に声を掛ける。すると教室の担任の先生は、「やっぱりですか?」と立ち上がり、その先生と一緒に駆け出して行ってしまった。

少しして、スピーカーからはただならぬ状況の声や音が混じる。女生徒達の悲鳴や、泣き叫ぶ声。そしてK子さんの教室の担任の怒鳴り声。尚止まぬ謎の声の悪口。そしてノイズと、破壊音。やがて放送は止まった。

続けて救急車が数台、けたたましいサイレンと共に校庭へと侵入して来る。どうやら運ばれたのは当番の放送委員の数名と、K子さんの教室の担任だったらしい。学校は数日間、休校となったのだが、理由と内容はまるで知らされなかった。

その後、放送室は使用禁止となった。運ばれた生徒や担任も、翌週から復帰はしたが、その時何があったのかは全く教えてもらえなかった。

ただ一つ、あの瞬間、教室に飛び込んで来た先生が言った一言、「〝アズミ〟が出ました」という言葉が、何度も思い返される。

確かに当時の生徒の中には〝アズミ〟と読める名前の女子生徒は何人かいたが、その生徒達はまるでそれには関係していなかったように思える。

怪異と呼んで良いものかどうか少々悩むような話である。

おもいで

吉田《よしだ》 六《ろく》

二〇二四年十月　お題：運動会·体育祭にまつわる怖い話

Nさんがお嬢さんのはじめての運動会へ行った時のことだという。

一生に一度の成長を記録しようと意気込んで、最新のビデオカメラを購入したはいいが、Nさんは大勢の生徒たちに紛れるお嬢さんの姿をなかなか見つけることができずにいた。カメラのズーム機能を使って整列する児童たちの顔を順に確認していき、ようやくNさんはお嬢さんを発見できたという。

お嬢さんの、ふだんは見せないような必死な表情を撮影していると、むこうもこちらに気がついたのか、とたんに表情を緩ませて、ちいさく手を振ってきたという。その姿にNさんは、わが子ながらなんて愛おしいのだと、思わず涙を滲ませたという。

そのあともNさんは必死にお嬢さんの姿をカメラで追い続けた。

綱引き、応援合戦、組体操……。種目が変わるたびに児童たちのなかに隠れるので、その度にお嬢さんを見失ってはまたカメラで探しての繰り返しだった。

ときにはお嬢さんのほうが先にNさんのことを見つけていたこともあったようで、カメラで捉えたときにはすでに満面の笑みでこちらを見つめているときすらあったという。


そんなNさんが違和感を覚えたのは徒競走のときだった。

お嬢さんの懸命な走りをカメラに収め満足していると、よく知った姿がスタートラインに並んでいるのが、目に留まったという。

お嬢さんだった。

ついさきほど走り終えたはずのお嬢さんが、再びスタートラインに立っていた。

Nさんが事態を呑み込めずにいるまま、念のためにカメラをむけると、楽しそうに笑うお嬢さんがこちらに大きく手を振っていたという。あきらかにおかしいとは思いつつ、どこからどうみても自身の娘であるその姿からNさんは目を離すことができず、そのまま二度目の疾走を見守るしかなかった。

その違和感が嫌な確信に変わったのは帰宅後のことだった。

Nさんが撮影したデータを確認すると、その半分ほどが真っ暗な画面にノイズ音が流れるだけのものだったという。ところどころで再生できた箇所はあるものの、そのどこにも、あの満面の笑みを浮かべたお嬢さんは映っていなかった。

よくないものを撮ってしまったという予感だけを残しつつ、Nさんはその真っ暗なデータを削除したという。

ただNさんには、残ったデータと消したデータのどちらがほんとうのお嬢さんの姿なのか未だにわからないのだそうだ。

辿り着く記憶

筆者

二〇二四年十一月　お題：忘れ物にまつわる怖い話

健さんはかつて一度だけ、夜逃げと言うものを経験している。

小学生の頃の事だ。家に帰れば何故か、普段から帰りが遅い兄と両親がいた。

家の中には異様な空気が流れていた。大学生の兄は健さんを見て、「誰かに尾行されなかったか？」と聞く。

「いいや」と返事をすると、「早く支度しろ」と父が急かす。

意味が分からない。だがとりあえず部屋へと向かい、子供心に大事なものを鞄に詰め、階下へと下りた。

家族全員で背を低くし、窓から見えないようにしながら裏口へと目指す。そして空き地に停めた車に乗り込むと、父は黙ってハンドルを握る。

遠離《とおざか》って行く家を眺め、健さんはなんとなくもう二度とそこには戻って来られないだろうなと感じたらしい。

母の作った握り飯を囓り、長い夜を越えて辿り着いた先は、海の近いとある漁村だった。薄汚い家の庭先に車を停め、「今日からここが我が家だ」と父は言う。そうしてようやく健さんは、「逃げて来たんだ」と理解する。

もう間もなく朝が来る時刻。家族は全員、汚い畳の上に布団を敷いて転がった。

そうして次に目が覚めると、何故かそこはいつも通りの自宅の部屋の布団の中だった。階段を下りると、家族は全員そこにいた。

「どうして？」と聞くが、その言葉はまるで誰にも届かない。「何が？」と、不思議そうな顔で健さんを見るだけ。

結局あれは夢だったのかと片付けた健さん。だがあの晩持ち出した鞄と大事な玩具は、何故かそっくりと紛失していた。

それから数年後、高校の修学旅行で健さんは関西方面へと向かう事になった。

行く先はM県の港町。誰もが「つまんねぇ」とぼやくのだが、現地での自由行動の際に健さんは自身の目を疑った。それはまだ鮮明に記憶に残る、夜逃げして辿り着いた町だったのだ。

友人達とはぐれ、一軒の家の前で立ち止まる。

「ここだ」と健さんは思い、家の裏手へと回り込んで入り込めそうな場所を探す。酷いガタのある窓を外し、中へと踏み込む。そして確信する。そこはかつて、家族全員で一泊した例の新居であった。

そして健さんの鞄は、そこにあった。中を開けるとそこにはかつての宝物ばかり。健さんはそれを手に、家へと持ち帰った。

自宅へと戻り、誰もが信じてくれない事を前提に、その鞄を見せる。すると家族は一瞬だけそれを凝視し、そしてまた何事も無かったように振る舞った。

但し、健さんは見逃さなかった。誰もが「とんでもないものを見た」と言った表情を見せた事に――。

ミ様

中村《なかむら》 朔《さく》

二〇二四年十一月　お題：信仰にまつわる怖い話

Nさんの実家は、山岳信仰の残る山奥の集落にある。
集落には屋敷神を祀る家が多く、Nさんの家の裏庭にも「ミ様」と呼ばれる祠があった。「ミ」というのは頭文字らしく、正式な名前は知らない。祠の扉はいつも閉ざされていて、中を見たことはなかった。

Nさんには年の離れた二人の兄と二つ下の弟がいて、全員の名前に漢数字が入っていた。それ自体は珍しくないが、長男から一、二と順番ではなく、バラバラな数字が与えられているのが変だった。また、家では男にだけ手製のお守りが与えられ、家を含む山間部にいる間は外すのが禁じられていた。

Nさんは長女で、名前に漢数字はなくお守りも与えられなかった。弟はことあるごとに、

「お守りももらえないくせに」と馬鹿にしてきた。

中学生の頃、弟と喧嘩したNさんは頭にきて、弟が昼寝している間にこっそりとお守りを開いた。中には和紙が入っていて漢数字がひとつ書かれていた。弟の名前にある数字とは別の数字だ。その紙を「バカ」と書いた紙に替えた。

笑いを堪えていると、弟が唸り始め、目を閉じたまま狂ったように顔を掻きむしり始めた。祖父が血相を変えてやってきてお守りを開いた。そして中身がすり替わっていることに気づくと、Nさんを睨みつけた。慌てて元の紙を渡すと、祖父はそれを弟の口に押し込み、むりやり飲みこませた。弟は徐々に落ち着いて再び眠った。あとで聞くと、暗闇の中、何者かが「ごめんなさい」と謝りながら追いかけて来る夢を見たという。

散々怒られたあと、祖父にお守りの意味を教えられた。

中に書かれていたのは「誑《きょう》」という数字で、ミ様から弟の存在を隠すためのものらしい。男子の名前に漢数字があるのも、ミ様を避けるための呪であるそうだった。

「うちの家の男は、ミ様に見つかると山に連れて行かれる。ミ様は目が見えないから、お守りを身に付けていれば見つからない。それでも見つかったら、誑を飲む」

弟は一度見つかったので、お守りを持っていても見つかる可能性が高いという。祖父は弟のものとは別のお守りをNさんに渡して、

「弟の面倒はお前が見ろ。ミ様が来たら、中の誑を飲ませろ」

と言った。翌週、Nさんと弟は都会に住む親類に預けられた。

「弟は今も憎たらしいですよ。でも私のせいだから、ちゃんと見てやらなきゃって」

現在、Nさんは東京で、大学生になった弟と住んでいる。

お守りを首から下げて暮らすことにも、すっかり慣れたそうだ。

★読者アンケートのお願い

本書のご感想をお寄せください。
アンケートをお寄せいただきました方から抽選で
5名様に図書カードを差し上げます。
（締切：2025年4月30日まで）

応募フォーム
はこちら

怪談一里塚

2025年4月7日　初版第一刷発行

監修……黒木あるじ
著者……黒木あるじ／沫／骸烏賊／藤野夏楓／司翠々稟／碧絃／猫又十夜／でんこうさん／田沼白雪／千稀／高崎十八番／鬼志仁／カンキリ／筆者／キアヌ・リョージ／高倉樹／柩葉月／有野優樹／浦宮キヨ／のっぺらぼう／薊桜蓮／蜂賀三月／花園メアリー／佐々木ざぼ／小祝うづく／乙日／天堂朱雀／おがぴー／あんのくるみ／御家時／さっれゆいおーん／緒方さそり／イソノナツカ／泥人形／鍋島子豚／チャリーマン／宿屋ヒルベルト／月の砂漠／影絵草子／犬飼亀戸／吉田六／中村朔
デザイン・DTP……延澤 武
企画・編集……Studio DARA

発行所……株式会社 竹書房
〒102-0075　東京都千代田区三番町8－1　三番町東急ビル6F
email：info@takeshobo.co.jp
https：//www.takeshobo.co.jp
印刷所……中央精版印刷株式会社